π, 명백하고 순수한 멍게들

시작시인선 0462 π, 명백하고 순수한 명제들

1판 1쇄 펴낸날 2023년 3월 6일
지은이 이광찬
펴낸이 이재무
기획위원 김춘식, 유성호, 이형권, 임지연, 홍용희
책임편집 박예솔
편집디자인 민성돈, 김지웅, 정영아
펴낸곳 (주)천년의시작
등록번호 제301-2012-033호
등록일자 2006년 1월 10일
주소 (03132) 서울시 종로구 삼일대로32길 36 운현신화타워 502호
전화 02-723-8668
팩스 02-723-8630
블로그 blog.naver.com/poemsijak
이메일 poemsijak@hanmail.net

ⓒ이광찬, 2023, printed in Seoul, Korea

ISBN 978-89-6021-700-3 04810
      978-89-6021-069-1 04810(세트)

값 11,000원

π, 명백하고 순수한 멍게들

이광찬

천년의 시작

시인의 말

홀린 듯 살았다
홀리고 또 홀리며 그러다
끝내 홀리듯 죽음에 빠져들고 말겠지만
한낱 꿈이라 해도 멈출 수 있겠는가

어찌하면 좋을지

내 맘 같지 않은 너를
네 맘 같지 않은 나를

차 례

시인의 말

제1부 돈키호테

붕어빵을 굽는 저녁

밤이 네모난 쪽창에 검정색 잉크를 쏟아붓는다 방 안 골고루 어둠이 스민다 눅진한 삶의 단내를 묻히고 돌아와 누우면 하루를 마감하는 밤의 레시피엔 뭔가 빠진 것만 같다 이렇게 맛대가리 없이 살아도 되나 앙꼬처럼 꼬물거리는 기억들 뒤척뒤척, 몸이 돌아눕는다 그 흔한 동그라미의 풍경도 뜨지 않는, 보름달의 은유는 까맣게 잊은 지 오래 나는 매일 몽환의 반죽에 틀어박혀 모양과 크기가 똑같은 붕어빵을 굽는다 방은 거대한 거푸집, 간만에 합방을 하는지 옆집 아궁이가 뜨겁다 골목 밖으론 어수선하게 불어오는 바람 흑암의 배후엔 늘 안부가 궁금한 법이어서 그리운 얼굴들만 이스트 빵처럼 부풀어 오르는가 후덥지근한 방 안 공기가 나를 발효시킨다 아무리 기다려도 오지 않는 애인을 생각하며 이불 속 추억은 물컹거리고 별도 달도 뜨지 않는 쪽방촌의 밤이 깊어 간다 창틀에 박힌 어둠이 젤리처럼 굳는다 하수구에서 올라오는 역한 냄새가 고소하게 익는다

오디의 이분법

밤 지나 밤, 내겐
누구라도 들키고 싶지 않은 민낯, 알맹인

까고 까도 하염없이 우린
분분하고 까칠해서 보채기도 뒤채기도 자주

저기요, 딱 잘라 말하자 이내 꽁무니를 빼고 달아나
여전히 성업 중인 당신 생각을 물고 이 밤 나는 되묻습니다

희끄무레 분칠한 여자들이 자신의 얼굴을 찍어 바르느라
여념이 없는
거긴 지금 밤인가요, 낮인가요?

어디든 외곽, 불빛 새 나오는 간판 뒤
없던 일로 치죠, 뒤집으면 손등이자 쪽거울 속

하 많은 그중 무얼 싸맨 발그레일지, 갈수록 겨울이 길어
지고 있습니다
깊고 아득해질수록 요원해지는 것들, 내겐 아침 혹은 당신

14

>
어제의 켜 켜로 잘린 손가락들뿐인
오늘은 꽃 진 자리, 어느새 오디가 붉군요

성선설을 읽는 밤

1.

주전자의 물이 창밖을 흩날리는 밤이야 겨울이라서, 또다시 도벽이 도지는지 달빛 은은한 담벼락 아래, 때는 뭐든 훔치기 좋은 때 철 지난 과일이 먹고 싶대서 스리슬쩍 손을 뻗었지 누군들 첫 키스 그 달콤한 유혹을, 탱자나무 울타리라고 마다했겠어 히-야, 밖을 넘보면 자꾸만 안이 쏟아져 내려서 혀끝에 엔진을 매달아 급발진 이 밤 어떤 기화의 형식으로 나는 당신에게로 닿는지 들썩이는 내부, 밤새 누군가를 떠올리는 일로 내 이마에 맺힌 땀방울들 그러나 거기에 닿자면 한껏 끓어올라야 한다는 것 그때의 내가, 지금의 당신처럼

2.

안목해변 모텔 방에 누워
바다가 갸르릉거리는 소리 듣는다
밀물인가 싶으면 어느새 쏴아아,
무얼 어쩌자는 게 아닌데
앞 발톱을 세운 파도가 발코니 문틈 밖을 할퀸다
이슥하도록 당신을 읽다가 팽,
돌아눕기를 거듭

>
3.

　골목 어귀, 밤 깊어 더욱 퀭한 눈으로 제 목 꺾어 발밑을 비추는 가로등 무언가 얼비쳐 바라보면 거기, 어지럽게 흩어져 있는 발자국들 두둥실, 유빙처럼 오랜 시간 당신 곁을 맴돌았다 창가엔 피고 지는 얼룩들, 한 떨기 점묘화 가려져서 근원이 아니라면 차라리 잊을래, 잊어 줄게 해가 뜨지 않는 방, 달도 기운 어두컴컴 끝내 시들지 않는 차원의 바깥으로 나는 갈 테야 어떤 그윽한 떨림으로 꽃가루는 흩날리는지 흠—하, 어디 한번 맡아 볼까? 고약했던 한때를

봄, 안부를 놓다

1.

흩날리듯 천변을 따라 걸었네 물속에 핀 꽃들을 굽어보면서 개나리가 진달래를, 진달래가 수수꽃다리를, 개개비도 합세해 시샘하는 봄, 봄, 봄이라서 얼결에 빗장 풀고 한눈 팔았네 안녕? 라일락, 영산홍도 벌써 다 피었구나 영산홍 어린 꽃잎을 따다가 코끝에 짓이기며 걸었네

2.

풀밭에 앉았다 일어서면 옆구리가
싸한 게 햇살 이고 만개한 당신이었나?
바람 불어오는 곳,
그렇게 걷다가 마주친 당신
두발자전거 페달을 밟는 아이의 등 뒤로
비뚜름히 얹혀 있는,

3.

손등엔 푸른 정맥, 천변엔 치어들이 살랑거리는데, 어찌 사누? 그 양반! 글쎄, 그때 나는 화들짝 실눈을 떴으려나, 멀거니 하늘 보며 살풋 얼굴 찌푸렸으려나 불쑥 상류 쪽으로 몸 비틀던 거대한 잉어의 비늘을 본 것도 같았네

>
너무나 향긋해서 잊었지
까마득히 잊고 살았어
봄, 당신은 이 세상에 없는 꽃말
우리 언제 다시 꽃 필 수 있을까?

그믐을 건너는 해삼의 자세

　당신이 이불을 당겨 덮자, 대꾸도 없이 저녁이 엄습했다
확 돌아누운 등이 멀고도 아득했다 우리 사이 인력이 작용
한다는 증거였다 이윽고 섬 하나가 둥실 떠올랐다 그 섬에
가 닿고 싶다고 고백하자, 곧 주기가 찾아왔다

　모로 누워 반쯤 기울어 가는 구릿빛 문고리
　슬며시 당겨 보지만 아무래도 내겐 굳게 잠긴
　장롱 속, 손을 뻗어도 닿지 않는 어둠의 켜 켜
　낮엔 아슴히, 밤엔 그마저도 까무룩!

　보름을 본 지가 언제인지, 이젠 정해진 하루조차 건너뛰
기 일쑤여서 밤이 길고 무섭다 늘 이런 식이다 당신이 들면
나는 주름이나 말며 새 나가는 불빛에 그렁이는 눈가나 훔
치다가 슬그머니 질척이는 갯벌 속 어느 깊은 곳에 침잠해
있는 보름을 찾아 밤새 먼바다 어디를 헤매다 돌아오곤 하
는 것이다 아랫도리가 축축하다

우산이 필요하십니까

바람이 붓끝을 털어 한 획 긋자, 쓸쓸히 날 저문다
초점이 흐려질 때가 온 것일까 바야흐로
계절은 구상을 넘어 추상으로 가고 있다
바라보는 행간마다 자분자분 빗소리가 끓기 시작한다
구름이 욕지거리처럼 나를 발설한다
물불 가릴 것도 없이 우리 사인 하도 맺힌 게 많아서
주룩 주르륵, 그러나 주전자는 금세 화를 가라앉힌다
함부로 비를 맞는다 나의 왼편이
당신의 오른쪽 어깨에 기대어 조금씩 젖는다
비가 오면 비를 맞는 짐승이 얼마나 된다고 사흘 밤낮
을 꼬박
울었던가, 오늘의 일기는 해 뜰 날 없다
손바닥으로 하늘 가린다 처마 끝 구름의 표정이
뭉개진다, 가물거리는 탁자 위엔 누군가 한 입 베어 문
사과 한 알, 입 크기에 비해 턱없이 큰 이빨 자국
내일은 구도를 잡던 날들이 새로 산 도화지에 펼쳐질 수
있을까
팔레트에 오색 물감을 짜 넣고 한쪽 눈을 찡그리듯 감는다
아무러니 오늘은 붓끝을 씻지 않는다

사라진 동화

화로 속 토방에 우리가 익는 밤이었죠 형은 밀린 숙제를 펼쳐 굽느라 갸갸거겨, 나는 매운 졸음을 쫓느라 벌겋게 눈 비비고, 동생은 썩은 동아줄이라도 내려왔으면 싶어 문풍지 흔드는 바람 소리에도 귀를 쫑긋 세웁니다 낮에 놀던 뒷산, 널린 개암을 주워다 한 입 깨물면 잠든 도깨비가 깨어날까요?

땅땅, 곰방대 두드리며 할머닌 군말 없이 생밤과 고구마를, 먼 옛날이야기를 굽고 또 뒤집습니다 우린 약속이나 한 듯 치마폭에 숨어들어 겁 많은 눈알 말똥말똥 치뜨고요 어흠!

고개 하나 넘고 어흠, 또 하나 넘고 첩첩 고갯길을 어느새 톡톡 이야기가 한창 무르익고 나면 방 안 가득 연기뿐입니다

엄만 언제 오나요?
글쎄다, 창밖을 보렴
하얀 눈송이들이 네 엄마가 하려는 말일지도 몰라
방문도 걸어 잠갔으니,
아침은 아마도 오지 않을 게다

>

불씨를 꺼트린 채 잠든 다음 날,

그다음 날도 밤새 하얗게 눈은 내리고

드라큘라 백작의 사랑

태양을 꼬옥 껴안았다 빛의 바늘들 일제히 동공 속으로
쑥 빨려 들어왔다 바로 눈앞에서 폭죽이 터졌다 너무나 어
두워서 눈을, 뜰 수가 없었다 급히 손으로 얼굴을 가리고,
박쥐처럼 웅크렸다 햇빛이 손목을 핥자, 피부가 검게 타들
어 가기 시작했다 공중으로, 그를 숭배했던 어둠이, 휘발되
고 있었다 자신이, 자신의 휘하에서 사라지고 있었다

달의 목덜미를 물고 있던 태양 광선의 송곳니가 반짝이
며 사라졌다 세상이 온통 검은 피로 물들고 있었다 어둠이
낭자했다, 일식이었다

6월 22일

사위가 먹빛으로 물든 날
저물녘 근처
바람 부는 쪽으로 걸음 멈추고
끝내 뒤돌아선 3년 전 오늘,
흩어졌던 우리가 빙 둘러앉는다
붓끝이 살뜰히 챙겼던,
악착같이 버티며 놓지 않았던
밥, 숟가락을 놓다가 숟가락을 놓친다
아멘, 흐린 식탁 위로 떡하니 마주한
한 폭의 수묵담채
달빛 낙관 선명한 입가
여백이 많으시다

구겼다 편 몸이 저릿한 이유

어제가 오늘을 덮쳐 다소곳한 자정은 죽은 시계 안으로
날아든 나비들의 혼령

놀다 가세요 비행이 늘 그렇듯
어스름을 박차고 어스름에 내려앉겠지만요

매일 새로운 토악질과 욕지기가 낯선 사내를 따라 몸 비
집고 들어와 누워도 아무렇지 않은 곳 조도는 낮추고 볼륨
은 높여도 좋아요 눈물은 당신의 몇 방울과 함께 글썽이다
마르고 한숨은 고물 선풍기의 회전날개 소리에 묻혀 흥이
돋을 테니

기꺼이 오늘 밤은 사내의 이불이 되어 주기로 합니다

그러면 봄밤은 내 안에 잠든 순이를 깨워요 여명과 일몰
은 한 짝으로 여닫는 경첩이니까 급소를 맞고 고꾸라진 아
이처럼 목 놓아 울다가 게워 낼 게 하나도 남지 않았을 때
스르륵 일어나 형체를 갖추는 취기

함께 날아올라 볼까요?

>

가로등이 불 밝히는 소로를 따라 철제 대문이 내지른 비
명과 맞물려 구겨지고 뒤섞인 채 순이가 춘이 되는 곳 밤새
뼈가, 살과 살들이 뒤척이는 소리 들려요 재탕 삼탕 아무리
우려도 어둠은 간이 맞지 않고 말 몇 마디 섞는다고 신음이
환한 길이 될 것 같지도 않죠

봄밤은 짧고, 짧아서
부끄러움을 조금 덜 수 있었을까요

더는 누군가 내 몸 그리워한다는 게 그리 싫지 않아요 기
다려도 오지 않을 손님을 기다리며 방석집 구석에 앉아 나
잔뼈가 굵어요

스마일

명백하고 순수한 멍게들 룰루랄라, 구멍이란 구멍 죄다 헤집고 음악이 새어 나오는 주크박스 멍멍, 내 방 창가를 어슬렁거리는 문장들 스마일 스마일 환하게 미소를 머금고 있는 이 밤, 멍게들은 어디에서 오는 걸까요? 두 눈 질끈 감고 찡그리듯 윙크하면 짙푸른 보라색 접시 위에 올려진 살점,

살점들의 너와 나! 우리들의 피와 살이 될 저 불특정 다수의 날것들, 물컹거리는 오늘 밤은 무슨 색으로 멍들고 있나요? 뒈져라

뒈져라고, 울먹이는 주크박스 칼이 불쑥 제집인 양 배속을 파고들면 배부른 멍게들은 접시를 생각할까요, 뜨겁게 달궈진 울음을 토해 낼까요? 지글지글 피가 튀겨 올라도 걱정 말아요 차분히 거친 숨 몰아쉬며 스마일 스마일 자, 다음 표정은 누굴 위한 파티일까요? 목이 잘린 채, 스마일 스마일

환한 내부를 일렁이는 것들

복숭아뼈를 베어 물고 단숨에 응달을 빠져나온다 거리는 아직 생기가 없고, 상점들은 웅크린 채 단잠에 빠져 있다 간밤 불빛들이 벗어 놓은 기억의 조도는 늘 초라한 것이었으므로 날 밝기 전, 우리는 타인을 그늘 삼지 않는다 약수에서 출발한 열차는 어느새 옥수 지나 덕소까지 늘어져 있다 그러나 이대로 더 내달린대도 현생은 발목 근처를 벗어나지 못한다 길게 그것도 아주 멀리 떨치고 나온 것만 같은데, 어쩌면 나는 한 뼘도 더는 자라거나 나아가지 못한 채 이운 해, 욱신거리는 발바닥이 24시 편의점을 기웃거린다 의자와 나를 한 몸으로 뭉뚱그려 놓는다 어둠 속 표정들은 무겁고 나와 마주한 그는 여전히 말이 없다 그는 시간을 가리지 않고 불쑥불쑥 등장하지만 누군가의 풍병으로 서성이는 것도 그저 캄캄해지기 전의 일 더불어 나완 한 별인

가속페달을 밟는 아침

갈 길은 먼데 더는 한 발짝도 전진할 수 없을 때
안으로 쌓인 길들이 꽃으로 피어날 수도 있으리란
생각, 가다 서고 가다 서기를

그러나 그마저도 금세 응어리져 버려서 좀체 시동 걸리
지 않는
아침, 펼쳐 든 조간신문 부고란엔 빼곡한 부음들

내 몸은 몇 ℃에서 예열되는지
뒤꿈치를 들고 몸을 치떠는 이 생리를 어쩐다

부르릉, 괄약근을 조였다 풀어 놓는 사거리 횡단보도 앞
길가 벚나무들이 짜르르한 제 밑을 흘려보내고 엉거주
춤이다

사색에 빠진 당신 얼굴이 명절 귀성길 같다
왜 한사코 밀어내려고만 했을까, 우린

풀린 신발 끈에 나비 불러 앉힌다
신호 기다리던 꽃숭어리들 팝콘처럼 터진다

＞

시트에 엉긴 꽃물이 화사하다

마개들이 점령한 길목, 둥둥 봄이 떠다닌다

새벽, 종착지

젖어 든 동공 속으로 한 사내가 빨려드네

몇 개의 객실을 비워 둔 채 신풍모텔의 간판이, 역 앞 광장을 비추던 서치라이트의 잔광이 텅 빈 좌석을 비추듯

밤이 이슥한 건 그런 뒤를 남겨 놓아서일 것

한참을 내달린 뒤라서 끝내 마주하지 못하고 돌아선 거긴 어디든 이편과 저편, 누구든 그이와 내가 되는 곳

어디쯤 왔을까, 두리번거리면
안은 밖을, 몸은 가지런히 모은 두 발치를 향해 덜커덩 덜컹

미처 손 흔들어 주지 못한 뒤를 곰곰 좇다 몇은 졸고 몇은 곤히 잠든 새벽 우수리 같은 남루를 견디며 깨어 뒤척이는 불빛 몇 창의 얼룩들이 엇비슷한 속내를 들키고야 마는 여긴 그 어둠의 바깥

내려야 할 곳에 내려야 한다는 강박이 건너 창가의 여인을 흔들어 깨우네

>

서둘러 외투를 여미네

간신히 남겨진 것들의 배후가 되네

달에게

하얀 종이 위에 점 하나 찍는다 점점이 네가, 다시 하나
의 점이 되어 사라질 때까지 크게 더 크게 원을 그린다 동심
을 따라 점점 더 커졌다가 작아지는 너를 뭐라 부르면 좋을
까 조금 더 어두웠으면, 이울어 나의 바탕이 흙빛이 될 때
까지 하루가 온통 밤이었으면

　너에게 나의 생각을 이식한다
　점 하나가 소문을 물어 나른다
　나에게 너의 생각이 전이된다
　소문이 오늘 밤을 먹어 치운다

허공을 가득 메운 저 과대망상의 입자들, 그새 내 가려움
은 또 얼마나 비대해졌을까 티끌이 모여 우주가 되고 다시
티끌이 되어 사라진다 해도 저마다의 창가엔 점 하나, 하나
씩 크게 원을 그리며 가 박힌다 초릿대가 휘늘어지도록 달
뜬 저녁의 떡밥 냄새가 휘영청 밝다 오늘도 가뭇없이 떴다
가 지고야 마는 그대, 머리 위로 부옇게 일다 갈앉는 흑점들

　원을 그리는 동안 나도 하나의 점이 되어 기운다
　점 밖의 점들이, 원 안의 원들이 사라진다

제2부 산초

구멍을 생각하다

또다시 출구를 빠져나와 출구 앞에 섰다
도로 나갈까?
통로를 지나면서부터는 망설임이 자꾸만 나를 앞지른다
나는 지금 어느 지점을 통과하는 중인지
누군가 들어오고 나갈 때마다 열렸다 닫히는 구멍,
출구는 과연 어느 쪽일까
세상에서 가장 깊은 구멍이 되고 싶다던 여자,
뻥 뚫린 그녀의 구멍 속으로 들어와
내가 비롯된 태초의 구멍을 생각한다
구멍이 구멍 속으로 구멍을 관통하여 구멍을 만들고
구멍을 밀어낸 구멍이 구멍 속으로 구멍을 들여다본다
입구는 보이질 않고
나를 빠져나간 구멍만 무시로 내 안을 드나들 뿐
제 스스로 구멍은 텅 비었지만
그곳으로부터 침묵이 깊은 소리의 울음을 낳는다
생과 사는 모두 한 구멍에서 출발하기 때문일까
모든 것들의 입이며 항문인 구멍과 구멍 사이
나는 그곳에서 태어났고 다시 그곳으로 갈 것이다
잠재된 의식 밖으로 빨려 들어간 숨 하나, 무탈하다
글쎄, 그때 나는 구멍을 보았을까?

가까이, 멀리

3이라는 숫자 앞에 서 있네

1과 2를 앞세우고, 4와 5를 거느린 채

굽이치는 물결 위로 흘러가는 3

세 번의 기회 혹은 세 번째 기회

손오공의 머리띠를 꾹 조이며 날아가는 새 한 마리

협곡, 엄마의 축 처진 젖가슴

3이라는 숫자에서 최대한 멀리 혹은 가까이

보이는 거 말고 있다고 믿니?

비유를 잃고 일렁이는 것들,

다시 물에 잠긴 봄뚱이로 3

보이지는 않지만 있다고 믿어요

2와 4 사이의 징검돌

신은 왜

1.

사는 게 수인囚인이라서
몇 명의 처첩과 자식들을 감금해 둔 적 있습니다만

2.

방방을, 그러니까 주방 거실 지나 내 몸이 방방 뜨는 동안
나는 숱한 어둠과 공방했다고 말할 수 있어요

3.

흥얼거리는 가락에 얹혀 시름이 덩실덩실 깊어 가는 그런
밤 아내는 이글거리는 꽃불로 사춘기 딸아이의 꽃잎 속으로
몸을 말아 눕습니다 꼬리가 있다면 꼬리를 자르고 게 아무
도 없는 독방에 누워 하루를 돌돌 말아 쿵, 하고 코를 풀면
돌아누워 훌쩍이는 당신이 보이죠

4.

갈수록 빈방이 늘고 있습니다 시도 때도 없이 가출을 꾀
하는 재채기를 눌러 앉히고 절로 봉긋해지는 악취의 희롱을
금하는 방을 뗐다 붙이며

지구라는 방을 나섭니다

눈사람 만들기

팰수록 낭자해지는 어둠에 저녁이 쓰러지듯
저며 도끼날 품은 종이가 손가락을 베듯
일제히 제 아랫도리를 향해 눈 뜨는 가로등

화르르, 녹았던 눈들이 바닥을 떠받치고 있다
속이 싸한 밤의 아가리 속으로 또각또각,
매일 그런 당신에게로 엉덩방아 찧는 날들이다

모서리를 일으켜 세운 나라, 당신은
가장 둥근 곡선의 모서리를 가졌다

모서리, 당신과 내가 만나는 꼭짓점
두 개의 혀로 부시를 치면
찌르르, 벽의 안쪽 구석에서 귀뚜라미 운다

구멍의 계통수

수세기 동안 밤은 어둠을 낭비했다 바다는 파도를 낭비하고, 시계는 틈틈이 시간을 낭비했다 낭비하고 낭비하고, 분비하고 분비하고, 내 불알 밑은 점점 부실한 정자들로 부풀어 올랐다 그리고 오늘 나는 20년 넘게 부어 온 적금을 깼다 한 여자를 위해 그러므로 마이너스 통장 잔고에 구멍을 내는 0은 부실한 정자가 건실한 난자를 만나는, 원 스톱 대출 경로인 셈이다

달거리는 이제 더 이상 여자만 누리는 사치가 아니다 적어도 한 달에 한 번, 나는 가까운 정자은행에서 예금을 인출한다 종족 본능은 애당초 투기에서 비롯된 것이다 태곳적부터 우리는 로또 같은 확률로 도박을 했는지 모른다 모든 구멍과 부실은 여자와 한통속이다 불임은 어느 낭비벽이 심한 구멍의 비참한 말로이다

어둠이 낭비하고 있는 구멍 속에는, 권총이 난사한 총알 자국이 여러 개 박혀 있다 죽음을 낭비한 자들의 삶 속에도 이런 문양이 새겨져 있는 걸 본 적이 있다 여명은, 밤이 어둠을 몽땅 탕진했을 때 받는 개평 같은 것이다

개인적 하늘

박다가 구부러진 못처럼
안테나와 피뢰침 따위가 하늘 높은 줄 모르고 솟아 있는
도시의 밤거리를 쏘다녔다

박힐수록 삐딱해지는 엄마의 잔소리를 피해
내용도 없이 내용물을 증거하는 빵 봉지가 바람에 정처 없듯

길 위에 길을 얹고
하나둘 신발을 벗는 집들의 온기를

나를 벼리다 망친, 그도 한때는 목수였다던데
기도를 박다 끝내 골방에 박힌 어머니

걷다가 어디든 가 박혔을 것들은 하나같이
등 굽어 있었다
제 발밑 어둠을 우러르고 있는 가로등처럼

죄다 덜어 낼 수만 있다면

갸우뚱하는 창끝이라서 모서리마다 별들이

감히 오늘은 당신을 겨눈 +가

거기서도 보이나요

솟구친 질문은 되묻기 마련이어서
가슴에 날아와 박히고

분수대 위 동전을 빌며 소원을 던지던 우물 속으로
울컥, 핏물이 쏟아진다 가끔 어쩌다 흘끔거리게 되는

잔뜩 물때 낀 아버지
한참을 거기 박혀 있었다

그러니까, 해당화

처다보지 말았어야 했다

발밑이, 천국과 지옥이

너무도 아찔한 울 밑이라서

나팔꽃이었나?

당신이었는지도

아무렴 어때, 그때 나는

담장 위를 훌쩍 뛰어오른 해바라기

내내 기웃거렸지

키득키득 당신을

마저 빚어 줄래요

싸움이 진흙탕일 때 우리의 바탕은
진흙이 된다 낯빛까지도 점점 서로를 닮아 간다

반죽을 치댄다 안간힘으로
손가락이, 팔다리를 일으켜 보지만
기어이 주저앉고 마는 그 속인들,

이글거리는 불구멍 속으로 오늘은 핏빛 달이 떠 있다
누군들 진흙이 아니었을까

물레가 멈춘 이 시간, 내 손이
당신 전을 스친다 형이 일그러진다

나란 반죽도 마찬가지

엉덩일 앉혀 놓고 이마를 훔치던
손, 이제 그만 치워 줄래요?

밤사이 식었던 가마 문이 열리고
실게 녹을 늘여 뺀 당신이 나를 꺼내 든다

오늘의 배역

어제의 일기는 늘 맹세에 관한 것이다 그러므로 내일은
아직 당도하지 않은 세상의 종말에 관하여 수소문해 보기로
그리고 언제 어느 때 무슨 일이 벌어진다 해도 이상하지 않
을 오늘은 야반도주에 필요한 티켓을 끊고,

기차는 유유히 다리 위를 지나네

죽었을까, 궁금해한 건 어제의 일 너와의 만남을 숙제처
럼 미뤄 놓고 깜빡 잠이 든 건 오늘을 사는 우리 모두의 몫
몇 번을 갈아타야 너에게로 갈 수 있는지는 불과 오늘이 지
나 봐야 알 수 있다

미안해, 그을음 석 자로 불완전 연소되는 배역이에요

그럴 일이, 어제 하다 만 짓을 내일도 이어서 할 수만 있
다면 오늘은 미리 부고를 띄워 놓을래 이건 주인공이 죽어
도 끝나지 않을 이야기 절벽 아래 아찔함도 CG일 뿐이야
캄캄한 배 속에 국밥 한 그릇 말아 넣고 내일은 태연히 NG
를 낼 거야 그러니까 너에게로 간다는 건 조금씩 어두워지
는 일, 이제 더는 참수된 어제 따위 궁금해하지 않기로 해

>
총성이 울리고, 나는
한 편의 무성영화를 본 것뿐인데

프로아나*

　하품하는 정육점 여인의 입 속에서 쉴 새 없이 쏟아지는
권태의 편육들 삶과 죽음의 근수를 정확히 재는 저울이 있
다면, 저 영혼의 무게는 몇 g일까?

　여전히 비대한 당신, 당신이 나를 거부한다

* 프로아나pro-ana: 거식증을 동경하는 사람들.

나를 못 박는 밤 풍경

부화 직전, 내 의심의 화두는 잔뜩 짓물러 있었네

낮을 밤에 덧칠해 가며 갈라진 세계의 절반을 품고 있던 나의 왼손과 오른손, 이 완벽한 불균형으로부터 세상은 평화로웠네

고물상처럼 낡고 오래된 이곳에서 나는 홀로 불화하였네

내겐 그 어떤 유혹도 감미로웠으므로 그토록
씁쓸한 뒷맛을 남기는 당분의 구조, 나는 누구였을까?

축복만 가득한 반인반수, 천국의 밀정 혹은 저승사자, 나는 우편물 겉봉에 새긴 소인만으로 결코 해명할 수 없는 나를 부인하며 못 박아 버렸네

태초부터 삶과 죽음의 내재율, 내 안은 이미 모든 것이 완성되어 있었네

물음으로 묻은 질문

입관예배가 한창인 앞마당
지각생처럼 두리번거리다 마주친
젖은 눈망울 몇, 이게 얼마 만인가
빈 의자에 자꾸만 시선이 가는
참으로 낯 뜨거운 생시
큰할아버지, 작은아버지, 막내 고모에 사촌 당숙까지
갈수록 피는 묽고, 제 엄마 보고 싶다고 우는
손주 녀석을, 큰어머닌 터져 나오는 울음으로 달래고
상복 차림의 형수들, 꺼져 가는 불씨 살리느라 주기도
문을 외고
죽음은 왜 이토록 한자리에 불러 모으는지
아멘 아멘, 생애 가장 뜨거운 결구가 봉독되는 가마 속
성경 구절에 묻는다 관이, 관 속엔
당신의 전부랄 것들이 울음처럼 활활,
타오르는 아이스크림을 떠먹으며 아이들은 또 웃고
뿔뿔이 돌아가고 나면
우리, 기억이나 할 수 있을까?
셔벗 같은,
당신을

\>

봄볕이 끓는다 울컥,

한바탕 쏟아질 기세로

π

한낮이어도 새벽이어도 좋을 세 시 반의 얼굴은
출출, 금세 또 테두리가 지워지고 없습니다

토핑처럼 밤새 내리는데 쌓이지 않고 눈은
얼마간 얼룩으로나 앉겠죠 지우려 애쓰지 않아도 지워
지고 말 텐데
위궤양에 걸린 괘종시계는 쉴 새 없이 휴지를 뱉어 내고
있습니다
따분하다는 듯 꼬챙이에 꿰인 지구가 몸을 뒤챕니다

그래 봐야 제자리, 한데
그러모아 눈사람을 만들어 볼까요?

새로 자란 혓바닥은 그런대로 얇고 부드러운 엠보싱을
깔아 놓고 아침을 기다립니다 기다리지 않아도 때 되면 알
아서 올 텐데 왜냐고 묻진 말아요 무언가를 마냥 기다리는
일은 영 파이라서 말인데 새벽까지 또 한바탕 코피를 쏟을
지도 모르죠

그러니 부디 아끼지 마시길, 아직은

커피 한 모금이 달고 젖은 몸 채 식지 않았습니다

어느새 느슨하게 풀어졌던 하루를 되감던 시계가 올 풀린
벽의 실금들을 지우느라 안간힘입니다 그럴 필요 없다는데
도 한사코 제 스스로 태엽 감을 수 없을 때 안으로 감겨 있
던 것들이 줄줄줄 새어 나와서 크-응, 무심코 코 풀어 버린
날들의 연속이었죠, 어제는

다 쓴 휴지 같아서 매일매일이 내겐 새로운 재활용이라서
내일, 내일은 기필코 오지 않을 것이기에
둘둘 말려 있는 내 인생 마음껏 풀어 쓰시라, 신신
신께 거듭 당부합니다, 당신!

미스터리한 연애

1.

봄여름가을겨울을 한데 모아 믹서기에 넣고 간다 팥이나 얼음 따위 단, 감정은 섞지 않기로 한다 무엇이 될까? 무엇이 될 수 있는 확률과 무엇도 될 수 없는 확률 중 가장 근사치에 가까운 해를 구하면 당신과 나를 뺀, 우리는 골다공증이거나, 이단이다 영원히 도래하지 않을 가깝고도 먼 미래의 어느 날

2.

당신과 나의 후생은 물과 불 신의 개입이 있는 한, 이 둘은 애당초 화해할 수 없는 운명이다 그러므로 진실은 체험, 삶의 현장이다 차갑거나 뜨겁거나, 천국과 지옥은 몸소 체득하는 것이다

3.

진화론은 오늘도 진화를 거듭한다 A와 B를 섞으면 O가될 수도 있다는 건 생물학 시간에 배웠다 거짓은 학습 진도가 빠르다, 빠르게 부패하면서 진화하는 시간이다 한 여름 뙤약볕에서 뜨겁게 달궈진 저 신생의 고드름처럼 빛깔도 형체도 없이,

>

4.

극과 극, 이렇게 서로 다른 두 성질이 만나지 않고 오순
도순 살면 안 되나 아무런 경계도 어떤 마찰도 없이, 뒤섞
일 수 없다면 차라리 삶도 죽음도 아닐 순 없을까? 불가마
에서 갓 구워낸 눈사람의 손과 발이 천천히 녹는다 녹이 나
면서 바삭바삭해지는 건 저 얼어붙은 동상뿐이다 이별은 자
석처럼 서로를 끌어당기는, 팽팽한 힘이다

전광판에 새겨지는 기호학

전광판에 새겼다, 너의 이름들
1234567890, 이것은
삶이 죽음을 추모하는 방식

너는 아직 나의 이름을 새겨 본 적 없다
0987654321, 전광판이
나의 죽음을 추모하는 방식은
이렇다 꽃잎 하나, 꽃잎 둘,

죽음의 본질은 이렇다
비주얼한 슬픔의 발광다이오드
가령, 현상이란 이런 것이다
바람에 꽃잎이 나부낄 때

하염없이 떠가는 저 잎잎의
주검들, 우리는 일제히 전광판을 바라본다
너의 죽음이 곧 나의 죽음인 듯
착각하고 또 착각한다

1234567890 혹은 0987654321

오늘도 베껴 쓴다 전광판은
죽음이라는 본질 앞에
삶은 이런 것이다,
모금함 구멍 안으로 꽃잎 한 장 떨어진다

속수무책이다
복제되고 복제되는, 오열들

빈혈

1.

모로 누워 공복을 견디는 노모는 아래층에, 나는 위층 방
바닥에 스미어 서로를 엿듣습니다 이즈음엔 천장이 벌어 간
밤 꿈속이 다 환해지더란 말씀을 자주 되뇌곤 하시던, 그러
니까 열십자 전등이 빛을 발하는 천장은 미망의 노모에겐
소천小天인 셈인데요 저 왔어요, 스위치를 올리면 믿음은 더
욱 영롱해져 흐트러짐 없이 타오르기도 한다죠 그럴 때 당
신은 한 가닥 기도로 허기를 면하기도 합니다만

2.

1층은 슬래브 벽돌이,
2층은 조립식 패널을 얹어 지은,
삼 대가 함께 살을 맞대 온 이 집의 내력

3.

매일 쓸고 닦아도 써걱거리는 장판 저 아랜 가라앉지 못
하고 부옇게 뜬 소리들만이 들끓습니다 가령, 계단 경사면
아래께 침하된 벽의 하중을 떠받치던 곡면 거울이 등 뒤 들
뜬 타일을 다독이는 소린, 쩝 낮에 먹다 남은 뼛조각을 핥던
옆집 개는 낯선 그림자를 제 주인에게 일러바치느라 컹 이

런 소리들로 밥을 안치면 삼층밥은 무난히 지어 먹을 수 있을 정도 그중 가장 가벼운 건 물에 만 밥술을 뜨다 말고 끙, 약봉지를 털어 넣는 소리인데요 나는 이 밤의 위독이 어디서 오는지 알지 못합니다 다만 간절해지기만을 바랄 뿐 여긴 처마 끝 녹슨 물받이가 내지르는 비명도 한 옥타브 아래 어쩌다 욕실 여닫이문이 열렸다 닫히면 변기 물소리까지 딸려 와 푸석거리는, 이 위 밤은 적막하고요 아예 눌러앉으시려는지, 벌써 엿새째 빈혈은 차도를 보이지 않습니다

Re, Bible

* 요한계시록

매주 수요일 저녁 예배는 모기 퇴치에 관한 강해가 있는
날이다 마귀와 사탄, 귀신이나 악마들은 역시 모기의 일족
이었다 그들에게 계보나 족보 따위가 있을 리 만무하지만
자식을 볼모로 자신의 학구열을 올리는 조금은 극성스러운
엄마들과 닮았다

* 메시아

열대야로 후끈 달아오른 양철 지붕 아래, 한 사내가 열십
자로 누워 곤한 잠에 빠져 있다 제수 중 단연 으뜸으로 꼽히
는 그는 늘 팬티 바람이었다

* 방주

옆집 아줌마의 정체가 탄로 났다 그녀는 동네에서 가장
악명 높은 첨탑의 권사였고, 두 아이의 엄마이자 한 남자에
게 기생하는 충蟲이었다 그녀가 말하는 행복 설계와 내세에
관한 권유는 현생을 담보로 하는 사기였고, 총 66권으로 된
약관은 해독 불가의 암호였다 그런 그녀에게 아까운 피를
몽땅 다 빨렸다 종말에는 우르르 그녀의 집에 몰려가 수혈
을 받게 될 날이 올지도 모른다는 생각을 가끔 한다 그녀가

퍼뜨리는 건 전염병이 아니라 복음일지도 모른다는 강한 믿음이 생길 둥 말 둥하기도 한다

* 구원

서기관이 벽에 피를 토한 채 죽어 있다 지나가던 바리새인도 온몸 뻣뻣이 굳은 채로 밤새 안녕했다 앵앵거리는 신도들의 방언 기도는 하나님께 보통 성가신 게 아닐 것이다 인생이란 참 한 치 앞도 모를 일이다

* 천국

혓바닥은 여기서 한참을 멀다 그곳이 가렵다

* 보혈

가려운 곳을, 피가 나도록 긁는다 참을 수 없는 존재의 가려움 아, 또, 피!

* 삼위일체

내 신앙에 든든한 후원자가 생겼다 그들은 보증이나 담보 없이도 거액의 믿음을 대출해 주었다 그리고 매일같이 찾아와 히루치의 보혈을 깅딜해 깄다 신용은 불당이있시만 니션

히 그들에게 나는 젖과 꿀이 흐르는 가나안, 아브라함의 삼대독자, 베드로의 뼈아픈 후회 원금이 이자를 낳고 이자가 이자를 낳는, 성경 속 족보라는 것도 따지고 보면 후한 복리인 셈이니, 그들에게 저당 잡힐 세간의 목록이 하나도 남지 않게 되었을 때 나는 인류 최초의 부채인 아담과 하와를 세 번씩이나 부인할 것이다 생각할수록 신은 피도 눈물도 없이 가혹한 대부업자이지만 일수와 사채는 복수이면서도 단수인, 독생자와 더불어 영원히 한 몸이었다

제3부 미코미코나 공주

열세 번째 문장

그러니까 무명, 아직은
여린 이파리로나 간신히

불씨 같은 가난과 녹지 않는 겨울이
절절 끓는 아랫목에 모여 앉아 맨살 맞대고 몸 지지던 때

아궁이에선 장작이, 이불 밑에선 푸르뎅뎅 몽고반점이,
매 끼니 양식 걱정으로 금세 헛배가 부르곤 하던 나의 유년
은 활활 타오를 수 없어서 더욱 빛이 났더랬습니다

집집마다 풀풀, 연기가 피어오르면 발그레한 몸, 달뜬
얼굴로 키득키득 우리들 유숙은 벌겋게 달아올라 눈이 매
웠습니다 그러니 타오를 수 있는 것들에게만 허락된, 어둠
은 부뚜막 솥단지 가득 익은 감자의 속살을 찔러 보는 동안
만 환했겠죠

서로의 볼에 불 쬐는 것만으로도
방은 자꾸만 뜸을 들이고

타다 만 불씨, 돌아누운
당신 등 뒤로 밥물이 사그라듭니다

거울이 깨져 있다

1.

종일 꿈의 바깥을 헤매다 돌아와
잠이 든다, 그 시간 동안만 나를 외출한다
아직 제 발밑 어둠을 비추는 외등 하나 없이
캄캄하다, 누군가 방문 앞을 서성이다 사라진다
밤마다 벽을 긁던 옆방 사내는 어디로 갔을까
빈방이 잠꼬대처럼 돌아눕는다

2.

눈부신 한철, 그녀와의 동거는 외로웠다
좁고 어두운 키스는 눅눅했다
살과 살들이, 우리는 꽤나 오래 분탕질했다
곰팡이 피어오른 벽에서 그녀는
화장기 하나 없는 민얼굴로 웃고 있다
방은 나를 편협하게 길들였다
전생이 있다면 나는 전과 몇 범일까?
몇 번의 어설픈 탈옥을 꿈꾼 적 있으나
그때마다 번번이 잡혀 들어왔다
우리는 서로의 독방에 수감된 죄수였다

>

3.

천장에서 눈물이 뚝뚝 새고 있다 추적추적 비가 내리고 두통이 가시질 않는다 어둠이 제 집인 양 드나들던 방, 새벽 어스름이 나의 창을 두드린다 이불 속에선 익숙한 살 내음이 피어오르고 밤마다 구슬피 울음이 타오른다 아침이면 검게 그을린 자국들, 내 속의 물음들이 부화의 순간을 기다리며 밤새 뒤척인 흔적, 흔적들 눈을 감고 누우면 매 순간 밤하늘의 별처럼 총총하고 아득한 그녀가, 가늠할 수 없는 높이로 떠서 나를 내려다보고 있다 여전히 한밤중인 나를,

체 게바라

오 미터 담벼락 아래 꽃 핀 민들레 막 엉덩이를 틀고 앉은
의자의 빈자리 석양에 말갛게 씻긴 능금의 표정 보도블록
사이를 비집고 돋아난 날개 한 쌍 주머니 속 로또 복권 한 장

어떻게든 살아지는 게 인생인 것일까

두려움이 담을 넘는, 어느덧 그런 계절이다 울타리도 없
이 경계의 안과 밖을, 아스라이 오늘이 떠 있다

블랙홀과 타임머신

검정에 가까운 회색에서 흰색을 빼자, 저녁이 탈수되었다
잘 마른 물기가 아니라 마르지 않을 눈물에 가까웠다

잔불을 중심으로 감정을 걷어 내자, 폭설이 내렸다
대부분의 시간을 닳들은 풀을 뜯거나 풀을 뜯었다

흩날리는 바람에서 회오리를 지우자, 고요가 알을 깠다
적막에 둘러싸인 입술이 희색을 잃은 화색이었다

폭설이 멈추자, 마을로 이어진 길이 뚝 끊겨 있었다
지상에선 늘 이만큼이 모자라 허공인 발밑이 아찔했다

불을 끄고 누우면 비로소 불을 끄고 누운 내가 있었다
생각이 아니라서 거의 생각에 가까웠다

냉장고에서 갓 꺼낸 수박 세 쪽

1.

한여름 뜨겁게 달군 밭에 나가 벌겋게 익은 몸 한쪽 쪼개어 바칠 평상의 칼부림을 추억한다 볕 안 드는 등짝이 가렵다 서늘한 바람 한 줄금 배꼽 훔치며 지나가도 썩은 이 환하게 드러내며 웃는, 악몽은 이제 그만!

2.

어디선가 본 적 있는 영화를 클릭한다 김 씨, 이 씨, 박 씨들이 뛰어나온다 연기의 달인, 아무개는 속이 잘 익었어 통통, 이건 텅 빈 스팸이군! 껍데기가 여문 씨들을 뱉어 낸다 아무개, 아무개 씨가 죽는다 죽은 아무개, 씨는 조연이다 조연은 늘 일찌감치 죽는다 누구도 아무개, 씨를 모르나 아무도 알려고 하지 않는다 씨가 마르고 씨를 말렸어 내성을 위해 새로 출시된 제약 회사의 약을 먹는다 노랗고 까맣고 새빨간 알약들, 그중 하얀색 우리의 주인공은 오늘도 바짝 엎드려 수류탄을 깐다 바퀴벌레 한 마리 나를 염탐한다 씨 뿌린 언덕, 피로 물든 고지가 새카맣다 탕, 탕, 탕! 이런 개새끼, 들은 아무리 총을 갈겨도 안 죽는다

>
3.

엄마의 배는 늘 만삭, 풋내 나지만 단기 4320년의 꼭지를
물고 나는 전투적으로 응애응애, 씨알도 안 먹힐 한 통의 긴
편지를 써요 둘째, 셋째, 넷째가 순번을 기다리며 보채는 배
속으로 태초부터 있지도 않은 씨, 아빠 사탕발림으로 우릴
마구 뱉어 댔죠 저기 또 사고뭉치 형이 볍씨를 물고 날아올
라 길 없는 갓길 위에 촘촘히 모를 내고 있네요 드물게, 아주
드물게 여긴 도대체 아무 일도 박히지 않고요 우린 그저 무
식하고, 현실은 도무지 싱싱한 안식일 뿐

큐브

나를 사랑한 나머지와 내가
서로를 버리거나 벼려 하나의 몫을 구할 때
헤어짐은 온전한 나를 찾기 위한 연산 법칙을 수행하죠

만나긴 쉬워도 헤어지긴 어려운 법인데, 이 둘 혹은 이들은
곧잘 만나고 또 헤어집니다 당신이 돌아앉아 있다면
상대는 풀었던 짐을 다시 싸기 시작할 겁니다
보세요, 천 근이 만 근 되어 깃털처럼 나부끼는 마법을요
교차로에선 고개를 꺾어 돌리거나 얼굴을 바꿔 달기도 하죠
수수만 가지로 분화할 수도 있어요, 아메바의 이름으로
구상은 추상이 되기도 합니다 사랑이라는 감정으로 평면
은 입체를 덧입죠
당신이 알던 당신은 이미 당신이 아니에요 그러니
아메바는 오늘도 만나고 헤어지는 일이 맛나고 째지겠죠
그러나 내가 나였다가 내가 아니게 되는 일은 정말이지
나머지 같은 일, 내가 당신을 사랑하는지는 그리 중요하
지 않습니다
남 말은 흘려듣고 내 말은 과녁에 꽂히기를 바라지도 않
아요
나는 그저 아메바일 뿐이고 나머지는 그냥 나머지일 뿐이

니까요

　나를 당신이라 부르는 당신이 있어 오늘 나는 행복합니다

　잘 가요, 아메바 당신
　저런 또 만났군요
　나였다가 아메바였다가 당신인 나머지
　나머지에서 나머지를 뺀 나머지, 그마저도
　온전한 나일, 온전히 나인

박제

벽면 진열장엔 오색 현란한 날개들이 사뿐 추락해 있다 언제든 다시 시동을 켜고 창공을 향해 이륙할지 모를, 저 사지가 경직된 화려한 비행들 날개가 없어 날지 못하는 내가 화석화된 관념 속에 단단히 틀어박힌, 여전히 버석거리는 기억을 핀셋으로 들어낸다

그대, 아직 살아 있는가

몸 밖을 떠돌던 부패한 시간이 몸속에 들어와 싸늘히 식어가는 밤 생은 끝내 자신이 박제되었다는 사실을 묵인한 채 벽에 박혀 있는 못처럼 긴 목을 디밀고 있다 몸뚱어리를 저승에 두고 온 사슴이 푸른 광채가 나는 눈으로 나를 노려보고 있다 죽음은 어떤 식으로든 몸이 자신에게로 몰입해 가는 과정의 시간인 것일까 설사 다시 살아 돌아온다 해도 자신을 겨누었던 총소리를 심장은 금방 기억해 낼 것이므로 살아 있는 동안 내가 할 수 있는 일이라곤 죽은 듯 꿈꾸는 일, 고작 영원이라는 시간을 몸 안에 가둬 두는 일

채집 망엔 갓 잡아 온 비단나비 한 마리, 날개를 푸드덕거리고 어디 하나 상한 데 없이 끝이 뾰족한 핀들 사정없이 날

아가 박힌다 누군가 나의 등 뒤에도 수직의 핀을 꽂는다 눈을 찌를 듯한 집중이 압핀처럼 꽂혀 나는 제자리에 꼼짝도 없이 붙박여 있다 끝이 뾰족한 것들의 수직 강하, 날개가 없는 통증이 바닥을 향해 낙하산을 펼친다

살아 있는 순간을 기리기 위하여 모인 관람객들이 사라지고 조명이 꺼진 실내는 어둠에 갇히고 만다 그제야 벽에 걸린 고장 난 시간들이 밤새 뻐꾸기를 날리며 마른침을 삼킨다 박제된 시간 속으로 비단나비 한 마리, 나풀거린다

소리의 유령

1.

윗집 여자는 매일 아침 수문을 연다 눈 뜨자마자, 습관
처럼 일어나 제 몸을 열고 오줌을 눈다 밤새 묽어진 몽환의
찌끼들을 몸 밖으로 버리고 여자가 몸 안에 갇혀 있던 물길
을 툭 하고 튼다 똘똘똘, PVC 관을 타고 흐르는 물소리, 천
장을 타고 흘러 내려와 저 지하 수천 미터 아래로 방류되는
소리, 소리들

2.

내 귓가에는 비명처럼 한생을 살다 간, 소리의 유령들이
살고 있다 모두 한결같이 주인에게 버려진 것들뿐인, 그 소
리들은 때로 아주 멀고도 가깝게 들려오곤 한다 소리에게
도 처소가 있을까 더는 쓸모없어진 몸뚱이에 무슨 미련이
그리 많은 건지 빈 깡통 하나 길바닥을 나뒹구는 소리, 요
란하다 버려진 것들은 결코 침묵하는 법이 없다 버려진 순
간, 발목이 잘려 허공을 붕붕 날아다니는 소리의 영혼들은
지금쯤 어느 깊은 산중을 두서없이 헤매고 다니는지 모른
다 개중에는 바닷가 파도에 떠밀려 온 소라 껍데기를 제집
인 양 드나드는 정신 나간 넋들도 더러 있을 것이다 대문을
쾅쾅 여닫거나 옆집 유리창을 깨고도 시치미 뚝 떼면 그만

인 소리들이 오늘도 밤 고양이처럼 덜컹거리는 창문 밖을
어슬렁거린다

3.
    종일 떠드는 목소리가 하수구로 흘러가는 물처럼 와서 고
이는 반지하 셋방 밀린 방세를 받으러 왔다가 몇 마디 쓴 욕
설로 사라진 주인댁 여자는 언제쯤 저 요란한 수문水門을 닫
칠 수 있을까? 먼지처럼 흩어진 소음들이 밤새 무덤 속을 헤
집고 다닌다 귓속이 간지럽다

관창, 광찬

너와 마주한 밤 머리에서 발끝까지 온몸의 솜털이 환하게 밝아 오는 여명으로 좀체 앉지도 드러눕지도 못하게 쭈뼛거려서 한쪽 다리마저 잘라 돌려보냈다 점자처럼 읽히던 환멸이 더듬거리며 전신을 휘감았다 방바닥에는 몇 가닥의 체모가 한데 뒤엉켜 있었다 대체 뉘신지, 내 의심의 관절들을 제멋대로 구부렸다 펴 보았다 그러자 참을 수 없는 살기가 길고 가느다란 발가락을 꼼지락거리며 방 안 구석구석을 돌아다녔다 수차례 나를 다녀간 더듬이가 내겐 없었다 잘린 다리에선 싱싱한 소름이 자랐다

장마의 바깥

흩어진 옷가지들이 어지럽게 나뒹굴고 있다
그 속에서 천둥 번개가 몸을 뒤섞고 있다
천장에서 형광등이 깜빡거리고 있다
얼마나 혼미하면 제 몸 찾아드는 데도 이리 더딜까
벼락이 신음 소리를 따라 최단 거리로 내리꽂히고 있다
수초 동안 간격을 두고 여러 번, 플래시가 터지고 있다
검은 고양이 한 마리 땅을 박차 오르고 있다
머쓱한 듯 담장 너머로 고개 돌려 야광 눈을 반짝이고 있다
체위를 들킨 새댁의 땀방울이 갈수록 굵어지고 있다
우르릉 쾅, 퓨즈가 나갈 듯이 밤새 정사가 계속되고 있다
누구냐 넌, 현장을 목격한 개가 허공을 짖어 대고 있다
자세히 보니 꼬리를 말고 있다
조용하던 방 안이 들썩이고 있다
창밖으로 스냅사진들이 후드득거리고 있다
하나같이 번들거리고 있다
고깔 눌러쓴 채 나만 홀로 젖지 않고 있다

은하철도 999

한 번도 자른 적 없는
긴 머리를 망토처럼 걸치고 앉아
이승에서의 마지막 하룻밤을 지샌다

빛으로 태어난 사람들, 그 빛 소멸되면
다시 긴 어둠의 터널로 여행을 떠날 것이다
지구는 별들의 간이역 같은 것
하루에도 수십 번 버스와 전철을 갈아탔을
이 별의 사람들은 모두 수척한 얼굴로 막차를 기다리고 있다
멀리 어둠을 뚫고 열차가 도착한다
별들의 고향이 바코드처럼 새겨져 있는 주머니 속 차표를
어루만진다
　머릿속으로 오로라 같은 상념이 커튼을 치며 사라진다
　창가에 앉은 여자의 근심이 얼비치는 차창 밖
　미처 탑승하지 못한 일행이 발을 동동 구르며 서 있다
　이제 더는 지체할 시간이 없다는 듯
　이 별과도 영영 이별이라는 듯
　승강장의 안쪽으로 들어선 차장이 고개를 흔든다
　어느덧 열차는 황혼 지나 새벽으로 가는 중
　나의 은하 여행을 안내해 줄 메텔은 누구일까?

먼지 풀썩 날리는, 객실 같은 무덤 속

　두개골을 감싸고 있던 가죽 속으로 한때 지혜가 살아 번
뜩였으리라

　영원히 우주 밖 행성을 떠돌게 될 저 수많은

　미라들, 오늘 밤 무사히 안드로메다에 당도할 수 있을까?

　금세 멀어져 가는 달의 뒤편, 우주정거장에서

　한 줄기 빛이 길게 새어나오고 있다

　별들이, 밤하늘에 거대한 선로를 깔아 놓는다

관성의 법칙

미안, 멈출 수가 없었어 나도 나를 어쩔 수가 없었어 내 안에서 나를 미치게 하는 생각들, 직진! (까짓 거 죽기야 하겠어? 그래, 갈 데까지 함 가 보는 거야) 궁리 끝에 내 안의 생각들을 끄집어내기로 했지 달리는 속도 안에서 나는 안전하다고 느꼈어 브레이크는 더 이상 말을 듣지 않았지 이상하게도 멈추지 않을 거란 생각이, 멈출 수 없단 사실을 더욱 부추겼어 급기야 생각을 멈추게 한 건 나도, 미쳐 날뛰던 세상도, 외부의 어떤 저항도 아닌 돌진하는 속도 그 자체였어 지금껏 나를 굴려 온 생각들, 나를 살게 한 바로 그 힘! 쾅, 하고 머리 밖으로 튕겨져 나간 생각들은 성난 황소를 몰고 달린 나의 고집불통이었어 알맹이와 껍데기가 분리된 채⋯⋯, 그게 바로 나였어

사과, 꽃, 향기

내가 사랑한 건 너의 향기만이 아니었다
꽃 피고 열매 맺힌 자리, 그 허전함으로
아직도 가벼운 현기증이 이는 이유, 그리움만은 아니었다
봄날 물오른 연둣빛 새순이었다가
여름 내 소쿠리 가득 따 낸 크고 탐스러운 열매였다가
앙상한 골격으로 서 있는 한 그루 사과나무
금세 빛깔도 향기도 없이 시든 이파리를 본다
너를 보러 갔다가
꽃향기에 흠뻑 취해 돌아온 날
추억은 밤새 까맣게 시들어 버리고
뿌리에서 줄기까지
줄기에서 잦은 이파리까지
바람이 물어다 준 꽃씨도
동봉해 온 안부도 이미 너는 아니었다
내가 사랑한 건 너의 무엇이었을까?
그토록 사랑한 너는 없고
사랑, 그 눈부신 허상만 잔설이 되어 내리는 4월

반사, 광光

나는 늘 경계 밖에 있었다
가령 생각 이전의 생각이랄지
직관 너머, 알 수 없는 그 존재감이랄지
견딜 수 없이 참혹한 굴절이랄지
너와 내가 언제 한 번이라도
거울을 보듯 딱 마주 본 적 있는가
이슬 맺힌 거미줄에 방울방울 걸린 햇빛이
나뭇가지 위, 바람에 은빛 자전거 바큇살을 굴리듯 반짝
이고 있을 때
그때, 그 이전엔 차마 볼 수 없었던 것
그렇게 좌우 대칭을 이루며
교묘히 뒤바뀐 세상 속
끝내 내게만 보여 주지 않던
우울한 너의 그 뒷모습처럼
전신 거울에 비친 내 모습마저도
한없이 낯설게 느껴지는,
오늘 처음 본 당신 얼굴 왜 그리 눈이 부신지
나는 왜 나를 똑바로 쳐다볼 수 없는지

잇다

'있다'를 생각하면서
자꾸만 '없다'를 되뇌는 저녁이다

나는 긍정보다 부정에 가까운 족속
의심스러울 땐 긴 꼬랑지를 흔들며

부엌에서 거실로
짠, 마당에서 텃밭으로

짜―잔, 밥상 물리면
방구들 찾아 허리를 말던 노모가
접시를 달그락거리며 오래된 습관을 잇고

어쩜, 지 애비를 쏙 빼닮았누!

불쏘시개 밀어 넣는 아궁이 속
아직은 불씨가 살아 있다

A4

스테이플러의 철심이 나를 꾹꾹 눌러 박은 곳

돌이켜 보니 참으로 여백 없이 살았다

목록을 작성하고 도표를 만들고
빼곡한 글자들 틈에서 나는 보이지 않았다

아름답고 소중한 것들은 왜 꼭 지나고 나서야 보이는 것일까

돌이켜 보면 여백 아닌 것이 없었다

제4부 풍차와 노새

빈집

오래된 구덩이,
벽이 액자 하나를 품고 있다

멀리 숲을 향해 갈래를 뻗은 뿌리가 보인다 그 길 따라 쪽
진 머리 단정히 빗어 넘긴 동백, 귀를 쫑긋 세운 개가 잔뜩
웅크린 능선의 어깨를 떠메고 있다 녹색 위에 검정이, 검정
위에 감정이 포개진다 녹음이 방자한 나뭇잎들 사이로 들고
난 자리가 더 어두운 폐가! 떨어져 나간 대문 밖으로 덜컥,
열린 방 안이 깊다 가로등은 사위를 빛으로 착란시키고, 이
모든 것을 배후로

벽을,
간신히 액자 하나가 지탱하고 있다

오늘의 기분

토요일에서 토요일로,
어떤 상태가 지속되고 있습니다

여전히 여기인 채로 눈 뜬 아침을
손톱으로 눌러 짠다면 이런 감정일까요

며칠 방 안을 뒹굴면 하, 그리워 바깥이 안부를 물어오
기도 할 텐데

나가지 말라네요 충동은 이미 두 발에 시동을 겁니다
꽃 소식이 만발해도 애도할 수 없답니다 스프링을 당겨
언제든 뛰쳐나갈 준비 자세를 취하죠

무궁화 꽃이 피었습니다
땅! 똑같은 양의 시간을 눌러 담아 빙 둘러앉습니다

남은 의자는 여섯, 잔은 셋
띄어쓰기 중입니다 이야기는 정적이죠, 유리된 채
우린 서로의 얼굴을 가늠할 수 없지만 충분히 영악하고
결정적으로

하관이 닮았습니다, 바깥은 횡으로 갇혀 있어요

떠날 사람은 나인데, 갑자기 ○의 잔이 가팔라집니다
내부를 가득 찬 말들은 팽창하면서 더러 잔에 고이고
일부는 밖으로 쏟아져 종종걸음입니다만

이참에 아예 눌러앉을까 봐요

침엽수림 사이로 간간 낙엽이 지고
같은 색으로 물들어도 우린 서로를 간섭하지 않아 좋죠
틈틈이 당신을 꺼내 읽어도 될까요

맑고 투명한 창가에 담겨
토요일이거나 돌아오는 토요일에

만나요
째고 째서 째지는 이 기분

그러나 다음은 기약하지 말기로 해요

가벼움에 대하여

1.

한강 둔치에 나가, 보았다 빈 낚싯대가 휘늘어지도록 챔
질을 하는 사람들, 바람의 팔짱을 끼고 걷는 연인들 틈으
로 늦은 오후가 강물에 둥둥 떠서 수다를 떨고 있었다 그때
나는, 강바닥과 수면 사이를 오가며 오랜 생각에 잠겨 있
었다 강 언저리 수면 위로 떠밀려 온 어느 물고기의 주검처
럼 마음속 수심 깊은 곳에 이르러서야 비로소 바닥을 치고
떠오를 때까지

2.

무리에서 이탈한 비둘기 한 마리, 다리 밑 땅바닥에 널
브러져 있다 더 높이, 더 멀리, 날아오르는 것에 대한 강박
이 단박에 그를 지상으로 끌어내렸으리라 세상이 끌어당기
는 중력에서 자유로운 생은 없을 테니까 날개를 가진 것들
은 날아오르기 위해 바닥을 찾는다 가벼워지려면 무거워져
야 한다는 것을, 아는 것일까? 발밑에서 뻗어 나온 그림자
가 어둠 속으로 자취를 감추자, 강물 속에 잠겨 있던 별들
이, 하나둘 수면 위로 떠오른다

>

3.

저녁이 되자, 더 많은 사람들이 모여들었다 밤새 강과 나 사이에는 어색한 침묵이 가라앉고 있었다 어디선가, 교복 을 입은 여학생들이 플래시 같은 웃음을 팡팡 터뜨리며 생 의 가장 가벼운 한때를 뜰질하고 있었다

내 안의 아수라 백작

저물 무렵의 창가에 섭니다 우두커니

타오르는 불의 욕정으로
어룽지는 물의 감정으로

어찌할 수 없는 일은 어찌하지 않으려고요
화들짝 꽃 피는 성기까지 말이죠

처음엔 어떻게 그럴 수 있나 싶어서
완강히 저항해 보기도 했어요

그러나 놈의 날름거리는 혓바닥은 멈추지 않고
마디 굵은 손들은 허락도 없이 제 위에 몸을 포갰죠

그랬어요, 반사적으로
온몸의 괄약근들이 오그라들면서
도저히 어찌해 볼 겨를도 없었다니까요

어쩜 좋아요, 발을 비비 꼬고 숨을 헐떡이는 동안에도
가랑이를 벌리고 누운 년이 나에게 하는 말 따윈 정말이지

\>

다툼의 궁극에는 성별이 따로 없어서 나는 유혹에 이리
도 약한 걸까요

저항하면 할수록 조여 오는 이 가증스러운 욕망이
무소불위의 권능을 휘두르며 나를 또 유린하고 있네요

개기일식

1.
여벌의 속옷과 옷가지들을 풀어놓고 쉰다, 수시로
풍경을 바꿔 다는 액자 같은 창문과 다리를 꼬고 삐딱하게
걸터앉은 햇볕과
침실을 공유한 다음 날 아침은

어느 연놈이 나뒹굴었는지 방 안 이불이 심하게 헝클어
져 있다

2.
그것 말고는 달리 할 수 있는 일이 없다는 듯이
온다니 당신, 찌개를 끓여 놓고

우리 잠시 얘기 좀 할 수 있을까요?

비치파라솔 같은 눈동자와 미파솔라시 같은 가을 속으로
풍덩, 조금은 위선적이고 가증스러운 구석이 있긴 하지만
여잔 완벽해, 벌거벗은 몸은 외설이에요
자넨 저 여인 앞의 이젤과 화가의 붓을 보지 못한 게로군

>
3.
불두덩을 물고 피어나는 한 가닥 의문처럼
그저 멍하니 질문 하나를 꺼내 들었을 뿐인데, 바람이
키 작은 나무의 얼마 남지 않은 이파리를 훑고 지나가네

간신히 모낭을 삐져나온 거웃들, 제 불륜의 현장을 들킨
알몸으로 서 있네

접시를 깬 뒤 5시간

베개 모서리를 베고 누운 저녁 어찌어찌 꼼지락거리다 냄비를 다투던 당신 생각에 입 안 가득 침이 고였습니다 살아있다는 건 아무래도 몸부림이지 싶어서 이불 밑 장판 아래께 구들장까지 파고들 기세로

그런 날은 물 만난 수양버들처럼 온몸에 돋기가 돋아 끝간 데 없는 당신을 훌쩍이곤 했지요 질겅질겅 씹어 삼킨 몸뚱이에 돋아나는 이건 대체 누구의 황홀인지, 갓 볶아 낸 잠에선 육수가 흥건했습니다 행여 들킬세라 먹물 뒤집어쓰고 흐느적거리면 달도 차오른 눈 밑 그늘에선 녹음이 방자했습니다

사는 일이 늘 그렇듯
한숨 자고 나면 머리맡에 왕창 쏟아져 내려서
밤하늘의 별들은 저리도 총총일까요?

훌쩍 달아난 잠을 뒤쫓다 자꾸만 발을 헛디딥니다 마중인지 배웅인지 몰라 우린 자주 엇갈립니다만, 또 어쩌다 눈 맞아 버린 아침은 못내 잊을 만도 할 겁니다

>

깨진 접시는 여전히 깨진 채로

그냥 둘까 합니다만

줌 인 대천

묵은 약속을 파기하듯
한번 봐야죠, 그러나 몇 번인가 시동을 걸고 그뿐이었다

그러는 사이 땀구멍은 조금 더 커졌고
내륙에서 바다로 자리를 옮긴 바람의 층위가 싸하다

얼마 만이지?
조심스레 핥아 보는 일몰의 감촉

전망대에 올라 어질머리로 훔쳐보는 비경은
아찔하고 위태롭고 짜릿한데

화장기로도 채 감출 수 없는 비수기의 백사장
밀린 숙제를 하듯 밀려오는 파도를 어쩌지 못해 해변인 곳

거기, 자자하던 풍문의 안주인
엄마도 여자도 아닌, 홀로 무명인 누이가 산다

외투가 걸린 풍경

짐을 꾸린다

더듬거리는 말투, 누구도 흉내 낼 수 없는 몸짓, 벽지의
표정까지도
박스에 꾹꾹 눌러 담은 뒤, 책상은
이내 본래의 책상으로 돌아갔고, 숨소리마저 사라졌다

불룩해진 휴지통을 비우고 홀가분한 마음으로
마지막 그의 뒷모습을 배웅하려는데, 미처
따라나서지 못한 여벌의 외투 한 벌, 옷걸이에 단정하다

버릴 게 너무 많다

향기를 보다

1.

견향정*에서 바라본 향기는 고요했다 연잎을 우려낸 차 맛
은 맑고도 경건했다 찻잔에 합장하듯 두 손 모으면 절밥처럼
담백한 스님의 온화한 미소가 방죽 안에 차고 넘쳤다 입 안 가
득, 활짝 피어난 연꽃들은 수줍은 듯 말이 없었다

2.

첫새벽, 뜰 안을 거닐던 바람이 굳게 다문 연꽃의 꽃잎 하
나, 이파리 한 장 깨우지 못하고 자취를 감출 때 혹은 저기
저, 수천 봉오리의 닫힌 귀가 열리고 못 안의 백련들이 억겁
의 시간을 뚫고 수면 위로 올라와 꽃을 피운 것은 우연이었을
까, 운명이었을까?

3.

아침저녁, 물빛에 어룽진 제 모습 굽어보며 구석진 몸을
씻고 있는 나무들 쿵쿵, 나무의 물관은 이미 오래전 죽은 자
신의 발 냄새를 길어 올린다 깊은 심연 속 물풀의 흐느낌마저
뿌리 내리지 않아도 다 짐작할 수 있다는 듯 바람은 방죽 위
햇살을 어루만지며 지나간다

>

4.

풍경이 소리 없이 스미는 이승의 절간 뉘 집 마룻바닥 같
은 너른 못 안을 소금쟁이 한 마리, 쏜살같이 미끄러지며 물
광을 내고 있다 후두둑, 연잎이 펼쳐 든 우산 속을 조용히
찻물이 끓고 있는 이 시간

5.

정자 아래, 주지 스님 다포에 먹물 스미듯 차를 내린다
잎 잎마다 온 방죽을 진동하는 향긋한 적멸보궁의 냄새 비
우고 비워도 비워지지 않는 순백의 향기 한 잔, 단숨에 비
우고 이내 꽃잠에 든다

* 견향정: 향기를 눈으로 볼 수 있다는 정자.

다른 이름을 알지 못하네

정말 좋은 세상이야
아무것도 한 게 없는데,

무척이나 힘이 드네
손가락 하나 까딱하지 않았는데
짐들이 뚝딱,
거짓말처럼 음식들이,
간만에 식구들과 오손도손 행복에 겹네
평생을 유령처럼 떠돌아다닌
엄마, 새집 장만하고 정신 줄 놓네
가구를 보러 다닐 때에도
발밑으로 이만큼이 떠 있네
새로 산 장롱과 소파,
침대와 냉장고가 제자리를 찾고
거실에서 아이들은 붕붕 날아다니고
고생했어요, 수고비를 쥐어 주는
손, 오늘 하루 뭘 했지?
등 따습고 배부르고
아무것도 한 게 없는데
잠이 막 쏟아지네

>

새로 이사 온 집에서

쉬이, 잠이 올 것 같지가 않네

순살 치킨

하룻밤 사이 비대해진 밤의 뱃가죽
먹장구름 한 떼를 그러모아 꽉 쥐어짠 듯한 습기
쏟아지는 빛의 입자들, 넘쳐 나는 펠렛 알갱이들

여긴 대체 어떤 동물의 사체 속인지

짓누르는 압통, 낮인지 밤인지조차 도통
지금은 바람의 힘줄이 질겨지는 동안
누군가 불러도 일어나지 않아도 돼
밖을 내다보지 않아도 되는데, 안락한 밤이야
안락사하기 딱 좋은 날씨지

무창계사의 닭들은 평안한가
호로롱, 닭들이 호루라기를 불면
이상하게 가래가 들끓어
칵 퉤이, 이래선 제명에 못 살지
제명에 살랑가 몰라

새벽 약봉지 들고 계사로 향하네

>

점막 속에 갇힌 아가야, 숨을 쉬렴

홰를 치렴, 약통 속엔 약들이, 뼈에선

살들이 어쩜 이리도 연할까

순살 순살, 오동통한 조카 녀석이 뼈 없는 닭다리를 뜯네

뻥, 농담들

1.

그의 하루는 농담처럼 가볍다 종일 먹어도 질리지 않는다
뽈록, 튀어나온 배 속에 한 됫박 갖다 붓고 뻥뻥, 튀겨 내면
눅눅했던 슬픔도 바삭바삭해진다

2.

마른 솔가지 장작불이 연신 뜨거운 혓바닥을 날름거린다
사내가 무쇠로 만든 통 안에 잘 말린 낱알들을 집어넣고 빙
글빙글 돌린다 어느새 팝콘처럼 와글와글 부풀어 오르는 공
상들, 신열이 잦은 구릿빛 아내의 몸속도 이와 같았을까 시
골 장터 여기저기를 떠돌며 행상을 꾸려 온 세월, 그가 튀
겨 낼 희망도 이제 얼마 남지 않았다 종일 가슴 한쪽이 짓눌
려 터질 듯한 통증을 호소하는 아내 눈부신 햇살이 실낱같
은 맥박을 잰다 뻥이요, 뿌연 연기와 함께 단숨에 부풀려진
뻥튀기 남은 삶도 이처럼 뻥뻥, 튀겨 낼 수 있다면 사는 게
늘 환한 봄날일 거라고 돌아눕지 못하는 등허리마다 꾸물꾸
물 피어오르는 저 흰 밥알들!

3.

찬도 밥도 아니 삼킨 몸이

108

뜨겁다, 별도 달도 아니 뜬 밤이
깊어만 간다, 곡기도 없이 무진장 달아오른다

4.

　생은 연일 잔치 밥상이었다 이팝나무꽃 이파리 같은 욕창
이 피워 올린 하얀 고봉밥 한 그릇 조문 온 사람들로 발 디
딜 틈 없는 마당이 죽은 아내의 시신을 파먹으며 봉분처럼
부풀어 오른다 조등 걸린 대문 밖이 환하다

엘니뇨

1.

광풍이 휘몰아치는 모래사막을 건너 그늘진 내 오수의 해먹 속으로 그가, 골목 어귀마다 정박해 있는 어선들을 향해 뚜뚜 기적을 울린다

갑판 위엔 해수를 떠다 말린 듯한 어둠, 왁자한 발걸음 소리!

2.

머리 똥 떼고 남을 우리의 가계, 주방은
지지고 삶고 달달 볶다가 푸짐해져서 어느새 이 동네 큰손이 다 됐습니다만

응달 진 골목은 어쩌자고 나를 널어 말리나
꼭지 비틀어 따고 씨를 털어 말려도 고추는 맵고

3.

눅눅한 생의 물기 마를 날 없는 저지대 골목길, 사내가 빙 둘러친 비린내를 걷으며 떨이를 외친다 거스름돈으로 건네받은 지전 몇 장에 간이 물씬 배어 있다

>

저물녘의 수평선을 머리에 인 여자가 가파른 계단을 오
르고 있다

된장국 속 해수면이 뜨겁다

처가살이

허리 구부려 삽질을 한다
장모 한 삽, 나 한 삽
삽날이 안 박히는 흙, 처남은
멀찌감치 떨어져 밑동에 오른 새순을 따고
왜 이다지도 멀까, 우리 사이
사립문을 나서면
귓등으로 날아드는 날벌레를 쫓듯
언제 내려왔어요?
바람이 휭, 하니 말끝을 흐리고
여그도 약 좀 쳐야겄어
이랑마다 두둑이, 고랑마다 풀이
무성하다 호칭도 문답도 사라진 아침나절,
장모는 풀을 매고 나는 건성건성 고랑을 파고
처남은 두둑에서 고추 모종에 지지대를 박는다
볕이 따갑다, 따가워야
밑이 잘 드는 법
밭 가장자리, 동냥하듯 얻어다 심은
씨감자에 싹이 돋아 있다

깨진 꽃병을 뗐다 붙였다 한다

깨진 꽃병 사이로 비 들이친다
창문은 언제부터 화들짝 열려 있었는지
구름의 동태가 수상하다
아무리 눈을 떴다 감았다 떠도 온다던 당신 오지 않는다
쏴아아, 오늘을 어제에 덧댈 수 없으므로
빗방울은 낙하지점을 향해 꽃망울을 터뜨리고
당신을 끄덕이다 놓친 발걸음으로 형광등에 어른대는 불
나비의 잔영
요의는 참는 것인가, 기다리는 것인가
길게 목을 늘여 빼고 걸음 재촉하는 나를 되돌리려
미간 속 나비가 괄약근을 오므렸다 펴는 사이
온다 안 간다, 간다 안 온다
화관을 쓴 채 꽃길을 걷던 당신 모습을 대궁으로 받쳐 들고
기어이 추하고 지저분해지기로 결심했어
이럴 때의 나는 나부껴서 좋아
어제 내린 비가 마르면서 노면에 얼룩을 만들고 있다
더는 꺾어다 바칠 꽃도 꽃병도 없으므로
마지막 한 발, 난간을 믿기로 한다

슬픈 식욕

끄응, 입에서 항문까지의 거리를 잰다
어릴 적 뒷간 똥통 속에 빠져 허우적거리던
옆집 계집아이의 발가벗은 몸을 꺼내 씻는다
내 오랜 기억이 피워 내는 깊고 아득한 냄새,
그 냄새가 끼니때마다 나를 따라다녔다
홀로 때늦은 저녁을 먹거나
이른 아침, 국물도 없이 식은 밥 한 덩이를 욱여넣으면
밥에서는 그윽한 똥 냄새가 났다
산해진미가 으깬 두부처럼 입 안 가득 맴돌 때
밥은 더 이상 밥이 아니었다
먹어도 먹어도 배가 고픈, 생은 늘 견딜 수 없는 허기 같
은 것이었으므로
    내 기억 속에 살고 있는 허연 구더기들은 우화에 들지 못
했으리라
    방금 파리가 핥아먹고 간 밥알 속에는 입을 두 개나 가진
유충이 살고 있다
    쉬이 물러 터질 밥알들, 피둥피둥 살찐 밥알들이 우글
거리는
    거대한 지구는 원래 한 톨 밥알이었다
    어쩌면 나도 그 밥알 속에 섞여 있는 작은 유충이었는

지 모른다

　물컹물컹한 밥알이 푹신푹신한 밥알을 먹는다

　꿈틀, 입에서 입으로 밥알이 움직인다

　온몸이 소화기관인 구더기들에게 삶의 영속은 오로지 밥
뿐이었을까

　김이 모락모락 나는 똥에서 갓 지은 밥 냄새가 올라온다

　그 밥을 먹으며 오늘 또 나는 무럭무럭 자란다

　끝내 버려질 목숨, 나는 너의 밥이었으므로

　잘 익은 한 덩이 똥을 누기 위해 지금 내 몸은 뜸 들여지
고 있는 것이다

　매일 죽음에게로 문상을 가듯 꾸역꾸역 밥알을 삼키고 있
는 것이다

누가 뭐래도

침대 머리맡에 놓인 얼룩을 신고
놀아요, 위태롭게 아찔하게 짜릿하게

매일 저녁 나는 조금 더 요염하게 침묵을 배웁니다
놀이 끝엔 언제나 노을이 번지는 창가

곁을 지키다 미끄러지듯 폭삭
꺼진 바닥을 본 일 있어요 풍경마저 쪼개지고 찢긴 채로
15층 높이의 건물이 도미노처럼 와르르, 그때
15개의 천장은 바닥을 만나 황홀했을까요

혹시 모를 함정 때문에 발밑을 의심하며 걷는 버릇 여전
합니다만

강을 건너고 구름 위를 산책할 때에도
매일 아침 매트리스는 원인 모를 슬픔으로 얼룩져 있고
이제 나는 조금 더 위태롭게 조금 더 아찔하게 침몰을 발
음해 봅니다

새벽은 닭의 목울대를 쥐어짜 불면도원에 닿고

꽃망울을 접었다 펴는 동안만 빨주노초파남보, 오늘은
기어이 두어 걸음 뒤의 허공으로 내려서 보기로 합니다

어제보다 푹신한 저녁이 당도할 거라 믿으며
밤새 퍼붓는 소낙비, 잠!

산의 정상에 서면 모서리가 뾰족하답니다

해 설

나머지-되기: 맞추면서 맞추지 않는 큐브 놀이처럼

김효숙(문학평론가)

　남과 다른 생각이나 말을 하는 자는 용인되거나 배제된다.
사랑이 없는 시대에 사랑 운운하면 상대를 유혹하는 자로 여
긴다. 시가 죽어 가는 시대에 시를 읊조리는 자는 시대에 뒤
처진 채 낭만이나 구가하는 목소리로 비하당하기도 한다. 그
러나 남과 다른 말을 하지 않는다면 시의 존립은 가능하지가
않다. 하여 시인은 특수한 사람이다. 이광찬 시집 『π, 명백
하고 순수한 멍게들』을 읽으면서 이와 같은 생각을 하지 않은
이가 있다면 그 또한 특수자일 것이다. 우선 표제부터 독자를
우물쭈물하게 만든다. 심지어 이 기호를 입 속으로 읽어 놓고
도 자신이 방금 발음한 것을 의심하게 된다.
　누군가는 π를 대뜸 '파이'로 읽어 놓고 주춤할 것이다. 이

기호가 소리의 언어를 부정한다는 감을 안기고 있어서다. π를 '파이'로 소리 내어 온 관습적 지식 체계에 균열을 가하면서 '보는' 문자로 다시 그것을 읽게 한다. '파이'가 아닌 π로 기호화했으므로 '파이'로 발음하라는 지시는 아니라고 생각을 고치게 된다. 그래서이겠지만 π를 파이로 읽어 놓고도 이렇게 의심이 깊어진다는 건 보는 기호와 듣는 소리의 비동일시로 생각이 집중된다는 뜻이다. 이렇게 보는 π와 듣는 파이의 비동일시는 음성 중심주의를 해체하는 데리다식 사유를 따를 때 생긴다. 이 기호를 파이로 읽지 않는다면 대체 어떠한 호명이 가능할지를 생각하게 한다.

이광찬은 맞추면서 짐짓 맞추지 않는 큐브 놀이처럼 언어를 갖고 논다. 이러한 놀이를 소리가 아닌 문자 기호로 행하면서 π가 발음의 일원성에 고정되는 것을 해방시킨다. 말하자면 π는 다중성의 기표다. 물론 이 기호를 읽는 당사자의 지식과 이해의 범위 안에서 그러하다. 그 모든 가능성으로서의 의미를 π로부터 발굴해야 하는 부담을 우리는 안아야 한다. 이광찬은 사유(관념) 중심 · 이성 중심 · 음성 중심 · 완전미 중심의 세계 이해의 방식을 부정하는 자처럼 시를 쓴다. 계몽철학의 이분법적 사고와 이항 대립을 부숴 버린 데리다식 철학적인 항거를 시적 수행으로 이어 가는 것처럼 보인다. 음성 전달의 파급 효과를 의심하듯이 π를 쓰면서, 이 기호를 어떻게 발음해야 할지 궁리하게 만든다.

1. 퍼지 상상력과 분열하는 감각

　이광찬은 매우 개별적으로 현대시의 특성을 전유하면서 자신의 시에 동양적 사유를 담아낸다. 생각할 수 있는 능력으로 존재한다는 데카르트식의 고상한 인간은 이 시집에서 줄곧 부정된다. 생각이 없는 자처럼 씹어뱉듯이 말을 하고, 고상하고 우아한 자아는 실종되며, 욕정과 욕망을 거침없이 발언하는 주체들이 등장한다. 이들의 발화가 낯설어지면서 그들과 동류로 묶이지 않으려는 소격화가 우리의 마음속에 작동하기 시작한다. 이렇게 이 시집에는 윤리를 판별하는 기준이 강고한 '이성'이었던 시대와 단절하는 시들이 실려 있다. 다음 시 「오디의 이분법」에서 "여전히 성업 중인 당신"에게 던지는 질문을 들어보자. 묻는 주체는 불특정인의 상처를 부각하지만도, "당신"이라는 타자를 지향하면서 욕망을 단지 무의식이나 충동의 문제로 고착하지도 않는다. 시의 의미를 현실의 울타리 안에서 돋아나게 하면서 인간의 욕망이 향하는 지점을 에둘러 언표한다. 타자에게로의 욕망이 자본과 얽혀 있고, 자본주의의 속성이 밤을 잊은 '성업'으로 지속 중임을 암시한다.

　　희끄무레 분칠한 여자들이 자신의 얼굴을 찍어 바르느
　라 여념이 없는
　　거긴 지금 밤인가요, 낮인가요?

어디든 외곽, 불빛 새 나오는 간판 뒤
없던 일로 치죠, 뒤집으면 손등이자 쪽거울 속

하 많은 그중 무얼 싸맨 발그레일지, 갈수록 겨울이 길어
지고 있습니다
깊고 아득해질수록 요원해지는 것들, 내겐 아침 혹은 당신

어제의 켜 켜로 잘린 손가락들뿐인
오늘은 꽃 진 자리, 어느새 오디가 붉군요

　　　　　　　　　　　　　　—「오디의 이분법」 부분

　시집의 맨 앞에 놓여 있어서 더더욱 그렇겠지만 이 시는 시
인의 세계 인식이 출발하는 지점을 가늠케 한다. 지금 이곳을
반영하는 상상력은 아닌 듯하지만, 물질의 논리를 떠받드는
자본주의 사회에서의 밤과 낮의 작용점들을 시화한다는 의미
가 있다. 한 사회의 정신적 바탕을 부정하면서 이 세계를 물
질로 통합하는 후기 자본주의 기획 아래 밤을 낮처럼 살아야
했던 계층을 시화한 것이 아닐까 한다. 발화자가 불분명하고
상황도 구체적이지 않지만 '오디'로 주체화한 어떤 이는 밤의
삶을 이어 온 사람이다. '어제'로 언표하는 과거의 상처인 "켜
켜로 잘린 손가락들"과 오디의 유비로, 밤의 용무를 지속해
온 어떤 이의 고통 어린 삶을 "외곽, 불빛 새 나오는 간판 뒤"
의 틈으로 내비친다. "희끄무레 분칠한 여자들"이 밤을 낮인
양 살아가면서 켜켜이 상처를 덧입는 삶이지만 어떠한 전변

121

이 생겼음을 알리는 결구에 이르면 시인이 말하려는 이분법의 문제를 포착할 수 있다. 과거 탈각과 동시에 새로운 날의 도래를 알리는 어떤 이의 전환기적 삶을 시화한 것으로 시를 읽게 된다. 의미의 모호성에도 불구하고 밤과 낮, 어제와 오늘 같은 대립 항이 선명한 까닭에 시적 주체가 겪어 온 아픔의 윤곽이 마냥 흐리지만은 않다.

시-현실로 보건대 낙화는 과거사이며, 꽃이 진 자리에서 핏빛으로 여물어 가는 오디는 현재사다. 과거와 현재를 분절할 수 없는 삶의 도정에서 상처를 기억하는 일은 언제나 필연이다. 시인은 꽃이 진 뒤에 오디가 짙붉게 익어 간다는 비유로, 이전의 주체와 지금의 주체를 단절하는 "이분법" 사고를 해체한다. 어제가 오늘로 이어지는 것을 동일한 맥락에서 인정하면서 타자의 삶을 이해하려 하지 않거나, "누구라도 들키고 싶지 않은 민낯"을 내면화하게 만드는 인식에 저항한다. 꽃에서 열매로의 연속성을 부정한다면 오디의 존재를 말할 수 없는 것처럼, 과거를 "없던 일로 치"는 일도 가능하지가 않다. 지금의 오디는 어떤 경우에도 오디이고, 이전의 꽃과 분리할 수 없는 오디다. 결코 우아하지 않은 '나'일망정 온전한 자기를 정립하려는 이러한 주체적 몸부림은 이 시집을 관통하는 중요한 사유 지점이다. 온전하고 진정한 자아 찾기에서 분리와 만남의 상호작용은 언제든 실행될 수 있다. 다음 시가 그러한 점을 묘파한다.

　　　나를 사랑한 나머지와 내가

서로를 버리거나 벼려 하나의 몫을 구할 때
헤어짐은 온전한 나를 찾기 위한 연산 법칙을 수행하죠

만나긴 쉬워도 헤어지긴 어려운 법인데, 이 둘 혹은 이들은
곧잘 만나고 또 헤어집니다 당신이 돌아앉아 있다면
상대는 풀었던 짐을 다시 싸기 시작할 겁니다
보세요, 천 근이 만 근 되어 깃털처럼 나부끼는 마법을요
교차로에선 고개를 꺾어 돌리거나 얼굴을 바꿔 달기도 하죠
수수만 가지로 분화할 수도 있어요, 아메바의 이름으로
구상은 추상이 되기도 합니다 사랑이라는 감정으로 평면
은 입체를 덧입죠
당신이 알던 당신은 이미 당신이 아니에요 그러니
아메바는 오늘도 만나고 헤어지는 일이 맛나고 째지겠죠
그러나 내가 나였다가 내가 아니게 되는 일은 정말이지
나머지 같은 일, 내가 당신을 사랑하는지는 그리 중요하
지 않습니다
남 말은 흘려듣고 내 말은 과녁에 꽂히기를 바라지도 않아요
나는 그저 아메바일 뿐이고 나머지는 그냥 나머지일 뿐
이니까요
나를 당신이라 부르는 당신이 있어 오늘 나는 행복합니다

잘 가요, 아메바 당신
저런 또 만났군요
나였다가 아메바였다가 당신인 나머지

나머지에서 나머지를 뺀 나머지, 그마저도

온전한 나일, 온전히 나인

—「큐브」전문

어떤 이가 벌이는 큐브 놀이를 보여 주는 듯한 장면이다. 이렇게 읽으면 이 시는 일정한 규칙에 따라 순서와 서열을 정하는 일이 이 세계를 하나의 패러다임으로 통합하려는 시도라는 점을 말하려는 것처럼 읽힌다. 그러나 이 시의 핵심은 거기에 있지 않다. 언뜻 보면 '나'의 큐브 놀이는 맞추면서 맞추지 않는 허튼수작과 다름없다. 일점—點 중심으로 큐브를 돌리며 분리와 통합을 이어 가노라면 여타의 조각들은 필연적으로 "나머지"가 된다. 서양 고전 철학에서도 'A'아니면 'A가 아님(A or not-A)'은 뒤의 경우인 'A가 아님'을 나머지로 규정한다. A이면서 A가 아님(A and not-A)은 있을 수가 없기 때문이다. 이런 경우를 '이분법적 모순율'이라 한다. 철학이나 예술 분야에서 서양 정신의 기원은 대립하는 두 개의 쌍으로 세계 이해의 공식을 세우는 데 있다. 이쯤 되면 앞서 본 「오디의 이분법」에서의 저항의 자세가 어째서 '이분법'에 맞춰져 있는지 얼추 이해가 된다. 밤/낮, 오늘/내일, 꽃/열매의 이분법으로 세계를 이해하는 서양철학의 분리 법칙을 시인이 따르지 않는다는 점이 그것이다. 위 시에서 시적 화자가 벌이는 큐브 맞추기만 봐도 그렇다. '나' '아메바' '당신'이 예외 없이 '나머지'라는 감각으로 그는 나머지들을 생산하는 일을 즐긴다. 나머지에서 나머지를 빼도 나머지가 생기고, 그러한 나머지들마저도 "온전히 나"라는 감각으로 나머지들의 무한한 탄생을 환영한다. 아메바 같은 무정형의 정체성, 나머지 같은 부스러기의 감각으로 어느 쪽에도 우월성을 매기기 어려운 정황을 짚어 나간다. 그러한 감각으로 시인이 사랑의 감정을 탐문하는 일은 너무나 자연스럽다.

그런데 사랑의 감정이 '나머지' 같은 것이라니! 이러한 이해는 사랑의 감정을 급기야 비루하게 만든다. 그렇다면 우리에게는 또 다른 위로가 필요하다. 퍼지fuzzy 상상으로 사랑의 속성을 놀이나 게임처럼 펼쳐 내는 장면을 연상하면서 이 시를 다시 읽어 보아야 한다. A여야만 한다는 필연에 포섭될 때는 A이면서 A가 아님(A and not-A)의 관계는 성립하지 않지만, 퍼지적 상상은 여하한 경우를 모두 포용한다. 하나일 수만도 둘일 수만도 없는 나와 당신이 교섭과 분리를 이어 가면서 "당신이 있어 오늘 나는 행복"하다고 말할 수 있는 근거도 두 사람은 하나이지만도 둘이지만도 않은[不一不二] 존재자여서다. 당신은 나를 2인칭 '당신'이라고 불러 주었고, 나의 오늘에 행복을 선물해 준 사람이다. 나와 당신은 타자이기만 한 것이 아니며 서로를 호명하면서 1인칭 '나'와 2인칭 '당신' 사이에서 교섭과 분리를 이어 간다. 나와 당신의 속성이 그러하므로 둘 사이에는 영원한 해방도 구속도 없다. 만남을 경이롭게 여기며 그것을 행복으로 받아들이는 일이야말로 나와 당신 사이에서 오늘 일어난 지대한 사건이다.

만남과 헤어짐을 큐브 조각의 분리와 마주침으로 표상하는 이 시는 이광찬의 타자성 탐구 제2버전이다. 앞의 인용시

「오디의 이분법」에서 펼치는 타자성 탐구 제1버전을 다시 읽어본다면 이해의 지층이 조금은 더 열린다. 두 편의 시는 모호한 발화로 의미를 흐리는 작법을 구사하고, 이것이 현대시의 특성이기도 하므로 이광찬의 전유물은 아니라고 여기는 바로 그 지점에서 의미는 다시 돋아난다. 「오디의 이분법」에서부터 시인이 벌인 꽃/오디의 이분법 성찰은 사뭇 심오한 사유의 과정을 거친 것이다. 서양 정신에 젖은 채 보는 세계와 거기에 매이지 않고 마주하는 세계는 확연히 다르다. 꽃/오디는 하나이지만도 둘이지만도 않은 불일불이不一不二의 성질을 갖는다고 시인은 생각하는 것이 아닐까. 화쟁 사상에 기반한 이러한 사유가 이광찬의 시 세계를 관통한다는 점을 상기해야 한다. 꽃/오디가 제각기 별개의 타자성인가 하면[不一], 한편으로는 꽃술에 내재한 열매의 가능성과 열매가 품은 유전자의 속성이 꽃술에서부터 결정되므로 꽃/오디는 결코 둘이 아니다[不二]. 이쯤에 이르러 이광찬 시에 흐르는 정신을 감각했다면 그의 시가 모호하다고 재단해 온 이전의 생각은 뒤집힌다. 그의 시를 천천히 누릴 만한 여유가 조금씩 틈입하기 시작한다.

2. '사이'에 있는 무수한 행렬들

시 현실에서 방황하다 의미도 모른 채 그칠 법한 경험을 앞에서 해 보았다. 시인은 이분법을 부정하면서, A가 A 아닌 것을 품는가 하면, 그 반대의 경우도 같은 힘으로 작용한다는 관계론을 펼친다. 이것은 저것이라고 자명하게 말할 수 없는 이치에 따라 무한 분열하는 아메바 같은 시를 쓰면서 세계의 본질을 파고든다. 시인의 어떤 시는 상징 언어만으로는 말할 수 없고 우리가 흔히 수학 영역이라고 여기는 지점을 내면화한 것이다. 다음 같은 시는 실제가 0과 1 사이에 무수히 분포한다는 퍼지공학자들의 이론을 녹여 낸 것처럼 보인다.

3이라는 숫자 앞에 서 있네

1과 2를 앞세우고, 4와 5를 거느린 채

굽이치는 물결 위로 흘러가는 3

세 번의 기회 혹은 세 번째 기회

…(중략)…

3이라는 숫자에서 최대한 멀리 혹은 가까이

보이는 거 말고 있다고 믿니?

비유를 잃고 일렁이는 것들,

다시 물에 잠긴 몸뚱이로 3

보이지는 않지만 있다고 믿어요

2와 4 사이의 징검돌

　　　　　　　　　　　　　　　　　—「가까이, 멀리」부분

3은 안정된 숫자다. 경사지에서도 기울기를 잘 받아 내는 삼각대를 떠올려 보면 안다. 삼각형은 세 개의 선으로 이루어진 하나의 면을 갖는, 모든 도형에서 최초의 면面이다. 위의 시는 3의 좌우에 2와 4만 있다는 관념을 전복한다. "보이지는 않지만 있다고 믿"는 무수한 가능성과 잠재성을 일깨운다. 시가 바로 그러한 세계를 이미지로 내거는 매체이며, 이미 있는 (有) 것을 빌려 와 없는(無) 것을 말하는 방식이라는 점을 환기한다. 시가 시일 수 있는 것은 비유를 구사하기에 가능하고, 이때 있음과 없음의 경계는 사라진다. '있음'이라는 구상과 '없음'이라는 추상 사이에 '아무것'이 있다는 추정 아래 한 편의 시는 제작된다. 시가 모호한 이유도 여기에 근거하며, 사실과 다르다는 이유로 허무맹랑한 소리라거나 모호하다면서 배제하는 것은 시와 일상의 지시어를 일치시키는 발상이다. 시는 "보이는 거 말고 있다고 믿"지 않는 이들을 향하여, "비유를 잃고 일렁이는 것들"의 존재감을 부각한다. 비유를 잃고 일렁이는 것이 숫자라면, 보이지는 않지만 있다고 믿게 하는 것이 시 세계가 아닐까. 일상 언어에 조직적 폭력을 가하는 것을 시라고 정의한 야콥슨이 유사성(은유)과 인접성(환유)으로 세상 만유의 연결성을 사유한 것도 그러한 이유에서다. 세상 만유가 "징검돌"의 자격으로 인접해 있으면서 때때로 주체가 되는 세계에서는 3도 예외가 아니다. 2와 4 사이에 있으면서 어느 방향으로든 열리는, 무수한 나머지들을 품은 3으로 존재하면서 때로는 "가까이" 때로는 "멀리" 있을 뿐이다.

또 다른 시 「전광판에 새겨지는 기호학」에서 시인은 죽음

현상을 다음처럼 관조한다. 전광판의 "비주얼한 슬픔의 발광 다이오드"가 "1234567890"이라는 숫자로 "죽음의 본질"을 기호화한다는 것이다. 하나의 이름으로 살다가 숫자로 마무리하는 삶이란 한낱 '기호'일 뿐이지 않는가라는 질문이다. 바람에 날리는 "꽃잎 하나, 꽃잎 둘" 같은 현상이 죽음이며, 남은 자의 슬픔이란 것은 "복제되고 복제되는, 오열들"로 표상된다는 것이다. 그러므로 "모금함 구멍 안으로" 떨어지는 '아무것'이 "꽃잎 한 장"이기만 하다는 아름다운 발상은 시인의 사유를 성큼 건너뛰어 속단하는 것일지도 모른다. 꽃잎 한 장의 비유법에서 확산하는 숫자의 행렬을 간과하지 않아야만 1과 0 사이에 무수히 분포하는 삶과 죽음 현상을 직시할 수가 있다.

이제 표제시를 만나 본다. 이 시를 읽고 나면 이광찬 시 세계의 표면에서부터 저변까지를 일별할 수 있을지도 모른다. 우선 시인이 쓴 "영 파이라서"를 준거로 시 제목을 '파이'로 읽어 보지만 내내 마뜩지가 않다. 달리 읽을 만한 단서가 없으므로 교육받은 대로 관습이 된 기호를 파이로 읽을 뿐이다. 그러면서 우리의 관념은 이러한 읽기 방식이 오답일 가능성과 정답일 가능성 사이에서 '만' 방황한다. 파이가 아니면 파이가 아님(π or not-π)일 때, π이면서 π가 아님(π and not-π)은 추상으로도 성립하지 않는다. 그러나 이 시는 π이면서 π가 아님을 보여 줌으로써 π를 파이로만 읽는 관습을 해체하는 것처럼 보인다. π의 내적인 진실을 과연 어디에서 찾을 수 있을까.

한낮이어도 새벽이어도 좋을 세 시 반의 얼굴은
출출, 금세 또 테두리가 지워지고 없습니다

토핑처럼 밤새 내리는데 쌓이지 않고 눈은
얼마간 얼룩으로나 앉겠죠 지우려 애쓰지 않아도 지워지
고 말 텐데
위궤양에 걸린 괘종시계는 쉴 새 없이 휴지를 뱉어 내고
있습니다
따분하다는 듯 꼬챙이에 꿰인 지구가 몸을 뒤챕니다

그래 봐야 제자리, 한데
그러모아 눈사람을 만들어 볼까요?

새로 자란 혓바닥은 그런대로 얇고 부드러운 엠보싱을 깔
아 놓고 아침을 기다립니다 기다리지 않아도 때 되면 알아
서 올 텐데 왜냐고 묻진 말아요 무언가를 마냥 기다리는 일
은 영 파이라서 말인데 새벽까지 또 한바탕 코피를 쏟을지
도 모르죠

그러니 부디 아끼지 마시길, 아직은
커피 한 모금이 달고 젖은 몸 채 식지 않았습니다

어느새 느슨하게 풀어졌던 하루를 되감던 시계가 올 풀린
벽의 실금들을 지우느라 안간힘입니다 그럴 필요 없다는데

도 한사코 제 스스로 태엽 감을 수 없을 때 안으로 감겨 있던
것들이 줄줄줄 새어 나와서 크-응, 무심코 코 풀어 버린 날
들의 연속이었죠, 어제는

다 쓴 휴지 같아서 매일매일이 내겐 새로운 재활용이라서
내일, 내일은 기필코 오지 않을 것이기에
둘둘 말려 있는 내 인생 마음껏 풀어 쓰시라, 신신
신께 거듭 당부합니다, 당신!

—「π」 전문

원(circle) 둘레의 길이 π를 놓고 생각 놀이를 벌이는 시
다. 시 현실에서의 시간은 "세 시 반"이고, 화자에게 밤/낮의
구분은 고려 대상이 아니다. 그는 어쩌면 밤을 낮처럼 또는
낮을 밤처럼 사는 자일 것이다. 토핑 · 눈 · 위궤양 · 괘종시
계 · 엠보싱 · 코피 · 커피 · 젖은 몸 · 시계 · 휴지 · 재활용 등
의 기표들이 그의 처지를 짐작게 한다. 그는 "출출"한 시간인
세 시 반을 통과 중이며, 밖에는 눈이 내린다. 어쩌면 위궤양
을 앓고 있으며 때때로 "코피"를 닦아 내며 과로가 겹친 일상
을 견뎌 내는 것처럼 보인다. 아침이 오기만 마냥 기다리면
서 약이자 독인 "커피 한 모금"으로 쏟아지는 잠을 물리치기
도 할 것이다. 같은 작업을 반복하는 것으로 보이는 그에게
"매일매일"은 "새로운 재활용"품처럼 익숙하고 어쩔 수 없는
것이기도 하다. 과거로 침몰하는 시간은 "다 쓴 휴지 같아서"
그가 생각하는 π를 늘리는 데 결코 사용하지 못한다. 재활용

하는 나날의 쓰임새를 보건대, 길이를 늘이면서 넓이마저 자동 확장한다는 기대도 덧없기 짝이 없는 것이다.

핵심어를 일부러 빼 버린 것 같은 다음 구절은 시종 모호하다. "그러니 부디 아끼지 마시길". 대체 무엇을? 목적어가 빠져 있어서 지칭 대상을 확정하지 못한다. 화장지처럼 "둘둘 말려 있는 내 인생"을 "신"께 의탁하면서 "마음껏 풀어 쓰시라" 하고, 그 이유를 "내일, 내일은 기필코 오지 않을 것이"기 때문이라고 그는 말한다. 이 말은 미래가 보장되지 않는 현존재의 발언이며, 그가 기댈 만한 사람이 이 세상에는 없다는 말로도 들린다. 시인은 이렇게 어떤 이의 실존을 π와 파이 사이를 오가며 들려준다. 보는 기호 π, 읽는 소리 파이 사이에서 그의 밤낮은 이어진다. π가 3.14159……를 뜻하는 무한성의 표상이라면, '파이'는 자본의 비유인 pie일 가능성 안에서 의미가 생성한다. 여기에 그치지 않고 π가 '절름발이' '곱사'를 뜻하는 상형문자인 왕兀과 유사하다는 점까지, 나아가 π를 머리가 없는 자의 표상, 두루마리 휴지가 늘어진 모습 같은 것으로 읽어 보더라도 시인은 용납하리라. 그럴 때 일자를 숭앙하는 서양 정신에 저항하는 시인의 의식이 드러나고, π이지만도 파이이지만도 않고 π이면서 파이인 세계를 넘나드는 퍼지적 상상 안에서 어떤 이의 고단한 일상을 엿볼 수 있다. pie를 키워 보려는 이 인물의 고투 어린 삶을 언뜻언뜻 내비치는 기호들로 유추하면서, 야간 근무로 코피를 쏟으며 자본 증식을 위해 애쓰는 그의 실존을 감각할 수 있게 된다.

3. 구멍 존재론과 다성성

특히 구멍을 기호화한 시에서 시인은 다성적인 모호성으로 안티테제들을 극대화한다. 「스마일」 「구멍을 생각하다」 「구멍의 계통수」 「전광판에 새겨지는 기호학」 같은 시들이 여기에 속한다. 시인이 말하는 '구멍'은 우리가 볼 수 없지만, 그곳이 캄캄할수록 거기에 처한 시선을 밝게 한다는 점에서 들뢰즈식 사유를 거치게 한다. 그는 검은 구멍의 내부에 눈들이 있다고 쓰면서, 구멍의 위치를 "언제나 가장자리의 내부"[*]로 지정한다. 즉 가장자리 안쪽의 캄캄한 곳이 구멍의 절대 조건이다. 시인은 바로 그곳에서 어떤 세계를 보고 있다.

탄생과 죽음에 관한 이광찬의 사유는 '텅 빔' 속에서 이뤄진다. 존재의 근원과 종말을 알고자 하는 시도를 하나의 계통수, 즉 구멍으로부터 벌이면서 시인은 인간이라면 예외 없이 가졌을 지식애 하나를 상기시킨다. 존재의 근원을 알려는 시도는 자신과 다른 몸의 구조를 지닌 이성을 알고 싶어 하는 데서 시작한다는 '지식애'가 그것이다. 제법 여러 편의 시에서 시인이 펼치는 "구멍" 존재론은 바로 그러한 지식애에서 시작한다.

> 또다시 출구를 빠져나와 출구 앞에 섰다
> 도로 나갈까?

• 질 들뢰즈·펠릭스 가타리, 『천 개의 고원』, 새물결, 2003(4쇄), 352쪽.

통로를 지나면서부터는 망설임이 자꾸만 나를 앞지른다

나는 지금 어느 지점을 통과하는 중인지

누군가 들어오고 나갈 때마다 열렸다 닫히는 구멍,

출구는 과연 어느 쪽일까

…(중략)…

제 스스로 구멍은 텅 비었지만

그곳으로부터 침묵이 깊은 소리의 울음을 낳는다

생과 사는 모두 한 구멍에서 출발하기 때문일까

모든 것들의 입이며 항문인 구멍과 구멍 사이

나는 그곳에서 태어났고 다시 그곳으로 갈 것이다

잠재된 의식 밖으로 빨려 들어간 숨 하나, 무탈하다

글쎄, 그때 나는 구멍을 보았을까?

—「구멍을 생각하다」 부분

이 시에서 구멍은 "누군가 들어오고 나갈 때마다 열렸다 닫히"고, "출구는 과연 어느 쪽"인지 궁금하게 하며, "입구는 보이질 않"고, "모든 것들의 입이며 항문"과 같은 곳이다. 이러한 현상을 종합하면 구멍은 출구이자 입구인 곳, 예외 없이 모든 것들의 '그곳'이다. 출구로도 입구로도 기능하는 그곳을 생각하면서 "생과 사"조차 한 구멍에서 출발한다는 인식에 이른 화자가 "다시 그곳으로 갈 것"이라고 예상하지만 자신이 과연 그곳을 보았는지 의심함으로써 현전의 비非현전화를 꾀한다는 점에서 이 시는 철학적인 질문을 내포한다.

시인에 따르면 '탄생'은 구멍의 침묵으로부터 "깊은 소리의 울음"이 태어나는 사건이다. 그곳으로 돌아갈 것임이 자명한 현상이 죽음이지만, 보이지 않기에 현상으로서 '구멍'을 넘어 공空의 철학으로 시인의 인식이 도약한다. 인접하는 생명체와 사물에 기대어 존재감을 언표하는 세계에서 만유는 그 자체만으로는 오롯한 정체성을 가질 수가 없다. 주체성이란 것은 자신과 다른 타자를 통해서만 확립된다. 연기緣起하는 세계의 너른 품 안에서라면 자아는 불변하는 것이기보다 애초에 무아無我다. 그런 이유로 공空이기도 하다는 인식이 이 시편에서 흐른다. 이렇게 읽고 보면 이광찬 시에서 구멍은 실재이기보다 내적인 진실의 표상으로 다가온다.

또 다른 시 「구멍의 계통수」에서 시인은 구멍을 "통장 잔고"와 "여자"와의 관련성으로 사유한다. 이 시인은 이성 간 상호작용을 말할 때도 놀랍도록 솔직한 기호를 동반한다. 아래 시를 표면으로만 보면, 여성 기표와 남성 기표들 간 충돌이 별다른 투쟁 없이 순순히 이루어진다. 하지만 시인은 심상한 언어로 깊고 오묘한 의미를 길어 올리는 자. 이성 간 섹슈얼리티에 이끌리는 읽기만으로는 부실한 해석을 낳을 법한 상상을 펼친다.

수세기 동안 밤은 어둠을 낭비했다 바다는 파도를 낭비하고, 시계는 틈틈이 시간을 낭비했다 낭비하고 낭비하고, 분비하고 분비하고, 내 불알 밑은 점점 부실한 정자들로 부풀어 올랐다 그리고 오늘 나는 20년 넘게 부어 온 적금을 깼다 한 여자를 위해 그러므로 마이너스 통장 잔고에 구멍을 내

는 0은 부실한 정자가 건실한 난자를 만나는, 원 스톱 대출
경로인 셈이다

달거리는 이제 더 이상 여자만 누리는 사치가 아니다 적어
도 한 달에 한 번, 나는 가까운 정자은행에서 예금을 인출한
다 종족 본능은 애당초 투기에서 비롯된 것이다 태곳적부터
우리는 로또 같은 확률로 도박을 했는지 모른다 모든 구멍과
부실은 여자와 한통속이다 불임은 어느 낭비벽이 심한 구멍
의 비참한 말로이다

—「구멍의 계통수」 부분

어느 남성의 한담으로 그 내용을 듣는다면 한층 흥미진
진할 것 같은 시다. 얼핏 보면 남성 화자가 "낭비"의 계기들
을 나열하면서 자신의 정자가 부실한 나머지 수정의 적중률
이 취약해진 상황을 고백하는 듯하다. 투자의 열정과 생산
의 저조함을 대비하는 기법으로 "종족 본능"의 어려움을 실
토하는 이 시에는, 적금 · 잔고 · 도박 · 투기 · 확률 · 탕진 ·
낭비벽 등의 기호로 구멍의 존재감을 골똘히 생각 중인 남자
가 있다. 총알을 난사한다는 비유로 구멍에서 일어나는 그
어떤 일을 말하면서 그 구멍의 역할이 대체 무엇인지 생각게
한다. "모든 구멍과 부실은 여자와 한통속"이라는 언명으로,
이 문제가 생산성이 떨어진 자신에 한정되지 않는다면서 여
자와의 관련으로 그것을 돌린다. 개방된 구멍과 낭비의 역학
이란 것은 깊이 생각하지 않더라도 알 법한 남녀 간 상호작용

과 관련하지만, 시의 의미는 끝내 자명하지가 않다. 어둠 속에서 낭비하는 총알의 정체가 아기 씨건, 20년 넘게 부은 적금을 깬 자본이건 간에, 인류의 지속성과 그 동력이 미리 대출하여 쓴 자본과 그것의 낭비로 이뤄진다는 상상은 몹시 낯선 감각을 몰아온다.

이렇게 이광찬은 낯선 상상력만이 다른 측면에서 삶의 진실을 바라보게 한다는 점에 착안하여 시를 쓴다. 「마저 빚어줄래요」에서처럼, 진흙 반죽을 물레에 올려놓고 빚은 것 같은 존재자가 인간이라고 범상하게 말하고 만다면 이 시에 겹쳐진 목소리를 듣지 못하게 된다. 정체성 말하기를 넘어 진흙탕 싸움을 벌이는 인간을 넌지시 풍자하는 데서 시인의 창발성은 빛을 발한다. "물레가 멈춘 이 시간"에 "누군들 진흙"이 아닌 자가 있겠으며, 한낱 "반죽"일 뿐인 "진흙탕" 속에서 "마저 빚어"내야만 인간다운 개체의 정체성은 오롯이 확립된다. "속인들" 틈에서 누구든 "이글거리는 불구멍 속"의 단련을 거쳐야만 그것이 가능해진다.

4. 혼돈의 세계를 지금의 열정으로 살아가기

이광찬은 과거의 기억을 추수하는 방식으로 시를 쓰기도 하지만 대부분의 시는 "고약했던 한때"(「성선설을 읽는 밤」)를 잊기로 한 구성물인 듯하다. 1부에서는 탱자나무 울타리에서 첫 키스를 훔친 아픔-달콤한 기억, 쪽방촌에서의 냄새나고 눅진한 삶, 엄마를 기다리는 밤, "방석집" 순이와의 에피소드, 새벽 거리에서 동력기의 가속페달을 밟아야 하는 어떤 이의 삶 등을 시화한다. 2부에서는 실존을 철학적으로 성찰하면서 생명의 시작과 죽음, 그리고 그 사이에 있는 사랑의 감정을 낯선 상상력으로 구성한다. "수인囚人"(『신은 왜』) 감정으로 삶에 임하는가 하면, "도시의 밤거리를 쏘다"(『개인적 하늘』)니며 나-되기의 과정에 투신하기도 하고, 종교와 신을 안티테제로 상정하면서 실존의 핵인 자본 문제를 분열적으로 시화한다. 다음 시는 이 시인에게 '지금'의 의미가 무엇인지를 암시한다. 어느 날 이 세계에 기투된 자에게 과거와 미래는 없는 것이나 다름없다. 그는 오직 지금 이곳의 실존재자다.

어제의 일기는 늘 맹세에 관한 것이다 그러므로 내일은 아
직 당도하지 않은 세상의 종말에 관하여 수소문해 보기로 그
리고 언제 어느 때 무슨 일이 벌어진다 해도 이상하지 않을
오늘은 야반도주에 필요한 티켓을 끊고,

기차는 유유히 다리 위를 지나네

죽었을까, 궁금해한 건 어제의 일 너와의 만남을 숙제처
럼 미뤄 놓고 깜빡 잠이 든 건 오늘을 사는 우리 모두의 몫
몇 번을 갈아타야 너에게로 갈 수 있는지는 불과 오늘이 지
나 봐야 알 수 있다

미안해, 그을음 석 자로 불완전 연소되는 배역이에요

그럴 일이, 어제 하다 만 짓을 내일도 이어서 할 수만 있다
면 오늘은 미리 부고를 띄워 놓을래 이건 주인공이 죽어도 끝
나지 않을 이야기 절벽 아래 아찔함도 CG일 뿐이야 캄캄한
배 속에 국밥 한 그릇 말아 넣고 내일은 태연히 NG를 낼 거
야 그러니까 너에게로 간다는 건 조금씩 어두워지는 일, 이
제 더는 참수된 어제 따위 궁금해하지 않기로 해

총성이 울리고, 나는
한 편의 무성영화를 본 것뿐인데
　　　　　　　　　　　　　　　—「오늘의 배역」 전문

시를 보면 어제는 맹세로 점철되어 있는 날, 내일은 당도
하지 않을 가능성으로서의 시간이다. 그러나 오늘은 그 무엇
이 닥치더라도 받아 안아야 할 틀림없는 현재성이다. 그러므
로 '지금' 너에게 가는 길이 그대로 미래로 이어진다는 보장은
없으며, 만남에 관한 맹세는 언제든 불발의 가능성을 배태한
다. 맹세가 지금 이 시간까지 이어진다 하더라도 "참수된 어
제"의 맹세는 언제든 불거질 수가 있다. 오늘 너에게 가는 일
만이 실존재에게 가장 강력한 가능성이자 "NG" 없이 오늘을
성공적으로 마무리하는 자신의 "배역"이라는 전언을 이 시는
담고 있다. "다음은 기약하지 말기로"(「오늘의 기분」) 한 어느 토
요일의 만남을 보더라도 "띄어쓰기 중"으로 빗대는 '거리 두

기'가 "서로를 간섭하지 않아 좋"은 정황으로 표명된다. 타자와의 관계성을 약속과 맹세로 속박하지 않는 이광찬 시는 "오늘"의 해방과 자유를 노래하는 자의 것이라 할 수 있다.

3부와 4부에는 시인의 문제적인 시각을 모아 놓은 듯한 시편들이 유난히 많다. "타오르는 불의 욕정"과 "어룽지는 물의 감정"(「내 안의 아수라 백작」) 등의 혼란스러움을 육질의 언어로 들려준다. 가끔 시를 잘못 읽은 것처럼 뜨악하게 하거나, 타자를 비하하는 듯한 발언도 있으나, 억압한 욕망은 귀환하고야 만다(프로이트)는 언술을 참고하면 시적 인물의 "가증스러운 욕망"은 지극한 보편성으로 다가온다. 시인은 거기에서 도약하거나 초월하여 미적인 거리를 두지 않고 현미경식으로 확대하면서 우리의 감정을 가증스럽게 들쑤시기도 한다. 그럴 때 우리는 그러한 욕망에 포섭된 화자와 거리를 두면서 동일화를 거부하는 것으로 반응한다. 지나치게 솔직한 시들은 혼돈의 시대를 살아가는 화자에게 불시에 위험이 닥칠지라도 사랑을 지켜 내려는 방법적 고안처럼 보이기도 한다. 거침없고 정제되지 않은 감성에서 태어나는 언어는 다음 시에서처럼 매우 에로틱한 비유로 발화할 때가 있다.

흩어진 옷가지들이 어지럽게 나뒹굴고 있다
그 속에서 천둥 번개가 몸을 뒤섞고 있다
천장에서 형광등이 깜빡거리고 있다
얼마나 혼미하면 제 몸 찾아드는 데도 이리 더딜까
벼락이 신음 소리를 따라 최단 거리로 내리꽂히고 있다

수초 동안 간격을 두고 여러 번, 플래시가 터지고 있다

검은 고양이 한 마리 땅을 박차 오르고 있다

머쓱한 듯 담장 너머로 고개 돌려 야광 눈을 반짝이고 있다

체위를 들킨 새댁의 땀방울이 갈수록 굵어지고 있다

우르릉 쾅, 퓨즈가 나갈 듯이 밤새 정사가 계속되고 있다

누구냐 넌, 현장을 목격한 개가 허공을 짖어 대고 있다

자세히 보니 꼬리를 말고 있다

조용하던 방 안이 들썩이고 있다

창밖으로 스냅사진들이 후드득거리고 있다

하나같이 번들거리고 있다

고깔 눌러쓴 채 나만 홀로 젖지 않고 있다

　　　　　　　　　　　　　—「장마의 바깥」전문

장마철 어느 밤의 정경을 정사의 기호들로 바꾼 시다. 한 쪽으로의 의미 재단을 거부하면서 뇌관이 터질 듯 비등하는 열정의 시간을 사진 찍듯이 현상한다. "고깔 눌러쓴 채" "홀로 젖지 않"는 그에게 벼락 치는 시간이 "밤새" 이어진다. "천둥 번개가 몸을 뒤섞"는 곳이 "장마의 바깥"이라면, "천장에서 형광등이 깜빡거리"는 내부도 있을 것이라고 추정할 때 에로티시즘은 극을 달린다. 그러면서 어떤 정신으로 도약하는데, 주역의 '뇌풍항雷風恒'이다. 번개와 바람이 천지를 뒤집는 듯한 혼란 뒤에 대기가 안정되는 것처럼 에로티시즘의 교환도 천지의 기운을 따른다.

　가공을 거치지 않은 이광찬의 언어는 솔직하고 거침없다

는 인상을 안긴다. 게다가 그는 무거움을 걷어 낸 가벼움의 미학으로 시를 쓴다. 실존을 이야기하되, 역발상의 효과를 극대화하면서 영화의 한 장면 같은 설정을 곧잘 한다. 예컨대 「개기일식」은 "불륜의 현장" 같은 상황을 펼치지만 결국에는 화가와 모델의 그림 작업으로 전복된다. 「순살 치킨」에서는 통통하고 육질이 연한 닭을 생산하려는 상업주의 기획을, 약을 주입당한 닭들과 "뼈 없는 닭다리를 뜯"는 조카의 이미지로 내건다. 이렇게 이광찬 시는 쉬운 말로 썼을지라도 의미가 결코 단선적이지가 않다. 의미의 다양성과 목소리의 다중성을 실어 내는 그의 시는 여러 갈래의 해석 지점을 두고 있기에 한 번 읽고 말 시가 아니다.

π. 이 기호는 끝내 착시를 유발한다. 억지스러운 해석일지 모르지만, 시인은 π이면서 π가 아님(π and not-π), 그리고 兀이면서 兀이 아님(兀 and not-兀)으로 확장하는 해석의 가능성을 열어 놓는다. π가 불구의 형상인 兀이기도 할 때 해석의 지층은 더욱 깊어진다. 자신의 인생을 맘껏 풀어 쓰라고 신신당부하는 화법으로 신을 향한 조롱과 자조 감정을 드높이기도 한다. "영 파이라서"는 자신의 실존에 대하여, 그리고 미래에 대한 좌절을 말하기 위해 도입한 한탄에 가깝다. 하늘로 비유하는 일자—兀를 해체했더니 절름발이 또는 곱사처럼 불구의 표상이 되어 버린 신이 여기에 있다(고 상상하면 신에 대한 심대한 모독일지도 모른다). 으뜸의 존재자를 뜻하면서 화폐 단위이기도 한 으뜸 원兀에서 머리격인 '—'을 박

142

탈하면 兀이 남는다. 자, 이렇게 元에서 한일자(一)를 빼면 절름발이 왕(=곱사 왕兀)이 남는 파자破字의 원리는 자명해졌다. 인간의 관념 안에서만 살아 있는 일자의 머리(=이데아)를 해체하고, '돈'의 비유인 원元을 조롱하면서 화자는 부재중인 신께 신신당부 중이다. 휴지를 아낌없이 풀어서 쓰듯이 자신의 한 몸을 밤낮 없이 사용하시라고. 파이는 "영 파이라서" 좀처럼 커지지 않을 것이지만 자신의 위궤양과 코피로 밤새 파이를 키워 보시라고 말이다.

보는 기호 π를 소리 기호로 바꿔서 읽는 우리는 이제 이것을 '파이'라고도 '절름발이 왕'이라고도 읽을 수 있다. 불구가 되어 버린 신이 사라진 자리에 신으로 등극한 자본과 그것을 분배하는 문제에서의 pie를 먼저 떠올리는 이라면 이 시대의 틀림없는 물질주의자다. π란 것이 숱한 나머지들을 거느리며 분열하는 3.14159……이기만 하다는 이도, 元을 파자하여 불구를 만들어 버린 이도 예외는 아니다. 시인은 물질의 시대를 가로지르면서 우리가 잃어버린 가치들을 기호 π에 담아내고, 우리는 어리둥절해하면서 그간 사로잡혀 살았던 물질주의를 비판하려는 자세를 짐짓 취하고 있다. 인간은 "영 파이라서" 어리석기만 하고, 시인은 인간의 그러함을 자조하는 언어를 제조한다.

현대성에 초점을 두고 말할 때 이광찬 시의 특성은 기호를 바탕으로 한 물질적 사유, 관념을 걷어 낸 육감의 시라 할 수 있다. 현대인의 복잡한 감정과 생각의 단면을 베어 내어 시를 쓰면서 물질에 기반한 상상을 펼치지만 그가 마음을 다하여 다독거리는 '당신'도 분명히 존재한다. 그러면서 시인은 세상 만유에 작용하는 중력의 법칙을 따라 '거리'가 조정되는 삶의 내용을 다룬다. 한때의 방황은 처음의 자리로 돌아오기 위한 것이라는 인력의 법칙(『그믐을 건너는 해삼의 자세』), '당신' 쪽으로 몸을 기울인 우산 속에서 자신의 어깨가 젖는 정경(『우산이 필요하십니까』)은 아름답기 그지없다. 현존재라면 누구나 어느 날 이 세계에 던져져 세계-내에 갇힌 조건을 부수면서 살아 간다. 원하지 않았기에 질문만 늘어나는 삶이지만, 그렇기 에 일점 중심의 통합과 질서를 회의하면서 나-되기를 부단 히 추구할 수 있다. 시인은 지금-이곳의 모든 "당신!"들에게 "부디 아끼지 마시길" 당부한다. 그런데 무엇을? π로 기호화 한 그 무엇을 무작정 나누라는 뜻으로만 듣는다면 이 또한 심 대한 착각일지도 모른다. 『π, 명백하고 순수한 멍게들』을 읽 는 우리는 그 목적어부터 먼저 찾아야만 한다. 이 시집의 도 처에 무수히 박혀 있는 그것은 보이지 않는 분열체로 위장해 있다. 사랑이든 돈이든 그 무엇이든 간에 우리를 분투하게 하 는 것만은 틀림없어 보인다.